고전 잡담

고전 잡담

카페에서, 거리에서, 바닷가에서

장희창

들어가며

밝은 빛 쪽으로

나는 실내가 탁 트인 카페가 좋다. 사방으로 꽉 막힌 연구실에 있으면 갑갑하고 졸린다. 책장엔 무슨 책들이 그렇게 많은지. 의욕만 앞섰지 그 주인공들을 통쾌하게 만나는 건 드문 일이다. 정말이지 누군가를 화끈하게 만나고 싶다.

동네 이디야 카페에 자주 간다. 인테리어도 소박하고 커피값은 싸고 직원들도 친절하다. 단골이라고 살짝 웃어 주는 것만 해도 어딘가. 한쪽 구석에 앉아 책을 쓴 이도 만나고 그 아바타도 만나고 페이스북으로 수다도 떤다. 요새는 발길 닿는 대로 청사포 철길 가에 있는 카페에도 가끔 간다.

2016년 말부터 부산 서면의 쥬디스 백화점 앞 광장엔 촛불을 든 시민들이 모여들기 시작했다. 왜 그랬는지 지금 말하는 건 싱거운 일일 테지. 빛과 어둠이 교차하는 순간들이었다. 아는 분들의 모습도 어른거린다. 집회를 마치면 서면 뒷골목 술집들은 북적북적. 거리 행진을 하다 이탈해 막걸리집으로 가는 이들도 있었다. 눈을 찡긋하며 같이 막걸리집으로 튀어서 서로 탈영병이라고 놀려 대기도 했다. 곤경에 처해서도 웃을 수 있는 인간들이 보기 좋았다. 노릿노릿 구운 노가리 안주는 왜 그리 맛있는지.

그러니까 강의가 없는 날은 동네 이디야에서 놀다가 다시 동해남부선 폐선 부지 철길을 따라 청사포 카페까지 걸어가는 게 내 동선이었다. 토요일엔 쥬디스 백화점 근처 카페에서 기다리다 시간에 맞춰 광장으로. 서생이니까 배낭엔 책 한 권 정도 넣어 다녔고 카페에서 거리에서 현장 소식을 페이스북에 올리곤 했다.

책 읽은 이야기도 올리며 수다를 떨곤 했는데 그것들을 죽 훑어보니 그동안의 내 행적이 담겨 있다. 고전을 읽으면 그 시대의 빛과 그림자가, 그리고 그것들이 지금 우리 현실과 맞닿아 공명하는 장면들이 얼핏얼핏 보인다. 이 책은 그 출렁거리는 공명의 현장들을 모은 것이다.

독서는 나를 나에게서 떠나보내는 것이며, 낯선 세계와 영혼 사이를 산책하는 것이다. 그렇게 현실 속으로, 미지의 세계로 들어가지 않으면 무슨 느낌이 있고 무슨 만남이 있겠는가. 글은 손으로 쓴다기보다는 발로 쓰는 거다. 힘차게 걸어 들어가지 않으면 아무것도 만날 수 없다.

작품에 대해 수다 떤다는 것은 결국 자신이 살아온 이야기를 하는 것이기도 하다. 나 자신이 극복해 낸 것만 말할 수 있으니까. 자기 생각을 말하고 자기 삶을 창조하는 게 중요하지 않겠는가. 우리가 더 밝고 더 건강하게 시대의 파고를 넘어갔으면 좋겠다. 무엇보다도 청춘들이 활기차게 사는 세상이 보고 싶다.

몇 시간씩 죽치고 앉아 있어도 인상 쓰지 않고 친절히 대해 준 카페의 직원분들에게 감사 인사를 전한다. 고된 일상에서도 낯선 이를 친절하게 맞아 주는 건 쉬운 일이 아니다.

천지에 봄기운 가득하다. 장자는 말씀하셨지. 여물위춘(與物爲春)이라고. 만물과 더불어 봄을 이룬다고.

2019년 4월 청사포에서

차례

이디야에서…바람이야 제멋대로 불라지요

쥬디스 쪽으로…나는 반항한다, 고로 우리는 존재한다

청사포와 봄…만물과 더불어 봄을 이룬다

이디야에서

바람이야 제멋대로 불라지요

—

내가 50번 정도 머리를 맡긴 우리 동네 미용사 아줌마. 오늘은 딸 자랑을 하네요. 올해 무슨 무슨 대학 고고학과에 갔는데, 너무 행복하게 댕기며 공부도 열심히 한다고. 중학생 때부터 책을 잘 읽더니 지금도 책을 잡으면 꼼짝달싹도 안 한다고. 특히 역사책을 좋아한다고. 딸이 행복하니 자기도 행복하다는 욕심 없는 미용사 아줌마. 등록금도 싸다며 자랑. 소생도 덩달아 훌륭한 따님이라고 마구마구 주장. 자기가 하고 싶은 공부를 즐겁게 하는 딸과 그 엄마의 소박한 마음씨. 이발비가 7천 원에서 8천 원으로 올랐기에 월급도 좀 올랐나 물었더니 땡전 한 푼 안 올랐다며 밝게 웃는다.

©화덕헌

누구에게나 주어진 선택지

아이소포스(이솝), 《이솝우화》

어렸을 때 아버지에게 싱거운 얘기들을 가끔 들었다. 옛날옛날에 욕심 많은 개 한 마리가 살았거든. 어느 날 고기 한 덩어리를 입에 물고 다리를 건너가는데, 어, 흐르는 물속에서 다른 개 한 마리가 고기를 물고는 자기를 쳐다보네. 다리 위의 개는 욕심이 나 물속에 있는 개를 보고 왕왕 짖었지. 그 순간 개는 자기 입에 물고 있던 고기를 물속으로 빠뜨렸고, 고기는 둥둥 떠내려가 버렸지. 에이, 그거 저번에 들은 건데요. 이런 식으로 아버지는 선원 생활을 하다 가끔 집에 돌아오면 우리 형제한테 애교를 떨곤 했다. 가족들을 자주 못 봐 미안하니까.

'욕심 많은 개' 이야기는 그렇게 내 머릿속에 남았고, 나중에서야 그게 《이솝우화》에 나오는 얘기라는 걸 알았다. 이미 갖고 있는데도 더 가지려는 인간의 욕심과 파멸을 참으로 간결하게 보여 주는 메시지다. 소유가 주인 되고, 소유자가 노예 되는 역설. 알고 보니 '욕심 많은 개' 이야기는 탐욕의 족쇄를 벗어나 삶의 주인이 되라는 당당한 웅변이었던 거다.

노예 해방을 주도했던 링컨 대통령이 노예 출신의 이솝이 남긴《이솝우화》를 늘 머리맡에 두고 읽었던 것도 이런 맥락에서 보면 고개가 끄덕여진다. 도덕적인 교훈이 담긴 어린이책 정도로 알고 있는 사람들이 많지만, 사실《이솝우화》에는 뒤집힌 세상을 풍자하는 깜찍한 얘기들이 잔뜩 들어 있다.

제우스 신의 식탁에 초대받은 헤라클레스가 참석자 가운데서 유독 부의 신인 플루토스 신만을 외면했는데 알고 보니 그 플루토스가 사악한 사람들하고만 지내서 그랬다는 이야기도 있고, '디오게네스와 대머리'라는 이야기에서는 견유학파로 알려진 철학자 디오게네스가 어떤 대머리에게 모욕을 당하자 이렇게 말해뿐다. "나도 덩달아 모욕하지는 않겠소. 천만에! 오히려 당신의 못된 두개골을 떠나 버린 머리털을 칭찬하고 싶소."

지난 학기 학생들과 독일어판《이솝우화》를 읽었는데 이런 신나는 얘기들이 줄줄이 사탕이다. 학생들하고 깔깔거리며 재밌게 읽었다. 당분간 번역 작업은 안 하려고 했는데 이 독일어판본을 가지고 번역 소개하고 싶은 생각이 들기도 했다. 산소 같은 남자 이솝이 살아 있다면 팟캐스트 같은 데 나와 뭐라 뭐라 웃기면서 국민을 즐겁게 해 주고 있을 것 같다.

이야기 하나. 독수리한테 쫓기던 토끼가 급한 김에 나뭇잎으로 덮인 말똥구리 집으로 피신해 숨겨 달라고 했다. 말똥구리가 그렇게 하라고 승낙했는데 독수리가 나뭇잎을 들추어 토끼를 움켜쥐자, 말똥구리 왈.

"그자는 내 손님이다! 내려놓아라."

독수리는 같잖게 여기고 토끼를 채어 둥지로 가 냠냠 해 버렸다. 그런데 말똥구리가 악착같이 독수리 뒤를 따라 날아온 거다.

다음 날 독수리가 사냥을 나간 후 말똥구리는 둥지에 있던 독수리 알들을 하나하나 굴려 떨어뜨려 복수를 한다. 새로 낳은 알들이 금방금방 사라지자 독수리는 공포에 질려 마지막 알을 제우스 신한테 가져가 맡기지만, 거기까지 쫓아간 말똥구리가 틈을 봐 그 알마저 깨뜨려 버린다. 귀엽고 당찬 말똥구리. 당랑거철(螳螂拒轍). 수레의 앞길을 막은 사마귀는 무모했지만, 우리의 말똥구리는 낯선 이도 자기 동네 사람 못지않게 소중히 여길 줄 아는 통 큰 사나이였던 거다. 주인으로서 손님을 우애로 대접해야 한다는 건 동서고금을 넘어 인간의 도리일 따름이다.

다른 이야기 하나만 더 소개.

거북이와 토끼의 경주 이야기는 우리한테도 익숙하다. 달리기 경주에서 자신만만한 토끼는 까불거리며 중간에서 쉬다 자다 땡땡이치다 거북이한테 결국 지고 만다는 밋밋한 이야기. 이상하네. 노예 출신인 이솝이 열심히 살아라, 이런 얘기를 할 턱이 없는데. 이런 생각을 하고 있던 차에 독일어판《이솝우화》를 보니까 내용이 좀 달랐다.

토끼가 거북이를 보고 그렇게 느릿느릿 다니면 얼마나 지겹겠느냐고 핀잔을 준다. 그러자 거북이는 무슨 소리, 나는 산책 나가면 너보다 훨씬 더 많이 보는걸, 하고 일소에 부친다. 토끼가 같잖다는 듯이 대꾸한다. 그럴 리가 있나, 자, 보라고, 내가 저기 개울까지 얼마나 빨리 뛰어갔다 오는지 잘 보란 말이다. 그러고는 순식간에 달려갔다가 온다. 이제 거북이 차례. 거북이는 남이야 기다리든 말든 느릿느릿 갔다가 돌아온다. 토끼 왈. 그렇게 느린 주제에 나보다 어떻게 훨씬 많이 본다는 거니?

거북이의 대답은 여유만만하다. 나는 한 걸음 한 걸음 즐기면서 가는걸. 토끼, 너는 그렇게 빨리 가면서 도대체 뭘 본 거니? 길가에 잔뜩 핀 민들레는 보았니? 개미들은 봤니? 딱정벌레는? 당황한 토끼. 아니, 아무것도 안 보이던데. 거북이 왈. 너는 열 번을 뛰어갔다 와도 아름다운 것들이 얼마나 많은지 아무것도 몰라. 그러니까 너는 빠르긴 하지만 피상적이야. 나는 느리긴 하지만 근본적이거든. 누가 봐도 거북이의 완승. 토끼 아무 말도 못 하고 녹다운. 알고 보니 거북이는 누구나 그냥 보고 지나치는 것을 새로운 것인 양 발견하는 '느림의 철학'에 정통한 철학자시다. 남의 생각이나 관행에 얽매이지 않는 자유인이시네. 허겁지겁 내달리지만 말고 대지의 풍요로움을 마음껏 즐기며 살라는 격조 높은 메시지다.

이솝은 주인한테 재미있는 이야기를 들려주던 일종의 멘토링 노예였는데, 그의 재주를 알아본 주인은 그를 노예 신분에서 해방시켜 준다. 자유인이 된 이솝은 여행을 떠나 머나먼 인도 땅까지 갔다고도 한다. 예전에 고대 인도의 우화를 읽어 보았더니 동물을 의인화하여 인간의 탐욕을 조롱하는 내용 들이 《이솝우화》와 비슷한 데가 많았다. 아마도 이솝이 인도의 우화를 듣고 그리스로 가져왔을 수도 있겠지. 다시 고향으로 돌아온 이솝. 이제 인기가 너무 좋아 옛 주인도 못 만날 정도가 되자, 옹졸한 주인은 이솝을 함정에 빠뜨려 놓곤 선택을 강요한다. 자유인으로 죽을래, 도로 노예가 될래. 이솝은 어떤 선택을 했을까?

두 선택지 중에서 과감하게 앞쪽을 택하곤 높은 바위에서 떨어져 죽었다는 이야기도 전해져 온다.

—

2012년 일 년간 독일 라이프치히에 연구년으로 가 있을 동안, 라이프치히 역 구내 슈퍼에서 한 주 동안 마신, 배낭 가득 빈 맥주병을 현금으로 바꾸어 다시 파울라너 몇 병 구입. 털레털레 별다방으로 가곤 했다. 한국에서 온 유학생들도 눈에 띄었다. 라이프치히 대학에서 음악 공부를 하는 유학생만 해도 2, 3백 명 된다고 하니 코리아, 참 유별난 나라다. 커피 한 잔 앞에 놓고 빈둥거리다 비치된 신문을 보았다. 스페인의 어느 시장이 확성기를 들고 시민들을 선동해 슈퍼마켓을 약탈했다는 기사가 눈에 띈다.

"시민들은 누구나 먹을 게 있어야 한다!"

시장님이 고래고래 연설을 했다고 한다. 아이코, 멋있어. 그 시장 국내로 수입하고 싶다. 그 멋쟁이 시장님은 결국 재판에 회부되었다. 지금쯤 그 양반 뭐 하고 있을까. 유럽의 일부 국가가 디폴트 위협에 시달리고 있을 때의 일이다.

뒤집혔으니 뒤집어 보아야

박지원, 〈양반전〉《나는 껄껄 선생이라오》

술 깨려고 누워 있자니 이 사람 저 사람 생각이 난다. 누군지는 비밀이다. 나하고 가끔 술 마시는 박찬성 형이 반남 박씨의 후예라고 가끔 자랑하는데, 그건 순전히 연암 선생 때문이다. 늘 친근한 느낌이 들고 졸졸 따라다니고 싶은 분. 이솝이 풍자의 달인이라면 연암 선생은 해학의 달인이다.

연암은 여러모로 삐딱한 인물이다. 당대 집권 세력인 노론의 명문가 출신이었지만 평생 과거를 보지 않았다. 그가 보기에 양반들의 위선은 꼴사납다. 〈양반전〉에서 마을 부자가 양반 문서를 돈으로 사들였다가 양반이 지켜야 할 덕목을 듣고는 문서를 내팽개치는 장면에서 보듯이 '양반질'은 곧 '도둑질'이었던 것이다.

뒤집힌 세상이니 뒤집어 보고 그에 따라 반어와 역설과 풍자가 난무한다. '껄껄 선생'이라는 제목 자체가 많은 걸 말해 준다. 모든 가치 평가가 뒤집힌다. 수절을 강요당하는 과부의 입에서 "혈기가 때로 왕성해지면 과부라고 해서 어찌 정욕이 없겠느냐?"라는 요즘엔 별것도 아닌, 당시로서는 놀래 자빠질 말이 튀어나온다. 글줄이나 읽어 대는 사대부가 아니라 똥지게로 거름을 퍼 나르며 생계를 잇는 사람이 그의 스승이다. 실제로도 연암은 서얼, 중인 출신의 지식인들과 친하게 지냈다.

봉건 체제의 모순과 양반의 위선을 풍자하는 차가운 어조가 백성 앞에서는 따뜻한 해학으로 바뀐다. 늘그막에 벼슬살이하는 심경을 이렇게 고백하시네.

> 돌이켜 생각하면 50년 동안 항상 끼니를 걸러서 입 주체를 못 하던 주제에 임금의 은혜를 한껏 입어서 지금 갑자기 부잣집 할아버지 노릇을 하고 있습니다. 뜰 한복판에 수십 개의 큰솥을 걸어 놓고 굶주려 비실비실하는 1,400명의 동포를 청해다가 한 달에 세 차례 즐거운 자리를 가집니다. 무슨 즐거움인들 이만하겠습니까?

임금을 국민으로 바꾸면 지금도 딱 들어맞는 말이다. 연암의 즐거워하는 얼굴이 눈에 선하다. 장난기는 왜 그리 넘치는지. 상상만 해도 장관 아닌가. 동포를 먹이니 즐겁다는 소박한 마음! 게다가 벼슬자리를 할아버지 노릇 정도로 여기는 소탈함!

정신을 차리고 앉아 페이스북을 여니 "무슨 생각을 하고 계신가요?" 하고 제법 점잖게 물어보시네. 아무 생각도 안 한다, 이놈아. 어쩔래. 그냥 조금 멀뚱하다. 생각 없이 책장에서 손에 잡히는 대로 집으니 연암의《나는 껄껄 선생이라오》라는 책이었다. 웃기는 이야기들이 잔뜩 들어 있다. 간결하고 정곡을 찌른다.

〈호질〉 또는 〈범의 꾸중〉은 호랑이가 인간에게 일장 연설을 늘어놓는 이야기다. 호랑이가 보기에 인간은 돈을 형님이라 하고, 벌떼를 쫓아내고는 꿀을 도둑질하는 잔인하고도 악착같은 버릇을 가진 놈이다. 뒤집어 보기, 엎어치기, 비틀기, 꼬집기, 능청 떨기는 이분의 주특기. 과부의 수절 풍속에 대해서는 이런 식으로 비틀고 비꼰다. "이 세상을 등지고 남편을 따라 저승으로 가려고 물에 빠지고 불에 뛰어들고 독약을 마시고 목매어 죽는 것을 마치 즐거운 곳으로 가는 듯하는구나. 열렬하기는 열렬하지만 이 어찌 과한 일이 아니냐?" 연암이 이탈리아에서 태어났더라면 필경《데카메론》을 남긴 보카치오였을 거다.

오죽 했으면 개혁 군주로 평가받는 정조조차도 잘못된 문체를 퍼뜨린다며 《열하일기》를 금서로 묶어 버렸을까? 떠돌이 거지, 몰락한 무반, 과부, 농부 같은 이름 없는 하층민들을 즐겨 소재로 삼았다. 뒤집어엎지는 못하지, 열불은 나지, 그러면서도 냉철함을 유지하자니 절로 풍자의 불길을 쏟아 낸 것일 테지. 양반들의 위선과 봉건의 모순을 까발리자니 점잖은 말로는 도저히 안 되는 거다.

연암은 자신의 반어적인 기질을 스스로 "객기"라 칭하고 그 객기 때문에 평생 "예의"를 차리지 못했다고 자평한다. 그런데 나이가 들어 그 객기가 없어지자 "정기"까지 함께 없어졌다고 한탄한다. 연암의 글을 읽으면 저절로 김수영 시인이 떠오른다. 두 분 다 장난기가 요동친다. 연암도 시인 김수영도 장난기 넘치는 지혜의 인간이었다. 웃음이 지혜와 만나면 그것은 곧 즐거운 공부 아니겠는가.

노마드 전사, 연암

박지원, 《열하일기》

조선시대의 과거 시험장도 오늘날 대학 입시 현장 못지않게 아수라장이었던 모양이다. 자존의 인간 연암은 과거 시험이라는 출세 코스를 단숨에 걷어차 버렸다. 종이에다 장난스러운 그림 하나 달랑 그려 놓고 과거장을 빠져나왔다. 연암은 다들 부러워하는 장원급제 같은 건 안중에도 없다. 낡은 틀 속에서 꿈질거리는 인생은 너무도 싫다.

양반으로서 보장된 출세의 길을 걷어찼으니, 요즈음 유행하는 말로 연암은 '유목민'이며 노마드 그 자체다. 연암은 익숙한 자리에 안주하지 않고 탈주하여 마침내 낯선 세계를 떠도는 '노마드' 문학의 대작인 《열하일기》를 남겼다. 우리 역사상 보기 드문, 웃음과 역설로 가득한 여행기.

연암이 본격적으로 노마드의 길을 떠날 수 있게 된 건 나이 마흔넷에 들어서다. 청나라 건륭 황제의 탄생 70주년을 경축하러 가는 조선 사절단을 따라갔는데, 친척 형이 사절단의 고위직이라 꼽사리 끼어 중국 구경을 할 수 있게 되었다. 안 그래도 심심했는데 신났네, 신났어. 압록강을 건너 북경을 거쳐 열하에 이르기까지 수천 리의 대장정이었다.

그의 시선은 요즘으로 치면 수천만 화소에 해당하는 고정밀도 카메라처럼 청국의 문물을 포착한다. 그러니 여행길이 참으로 바쁘다. 초고성능 디지털 카메라가 분주하게 찰칵거린다. 나라에 도움 되고 백성에게 유익한 일이면 비록 오랑캐에게라도 배울 것은 배워야 한다는 것이다.

청국으로 넘어가는 입구인 책문 앞에서부터 그 너머로 보이는 집들이 튼튼하고 화려한 것을 부러워한다. 카메라의 시선이 잠시 흔들린다. 사대주의도, 편협한 민족주의도 극복하기가 쉽지 않다. 자신을 타자의 시선으로 보아야 하기 때문이다. 그러나 노마드의 진정한 힘, 여행의 진정한 배움은 여기에서 나온다. 익숙함과 낯섦을 평등하게 볼 수 있는 시선. 《열하일기》는 조선과 청국, 익숙함과 낯섦 사이를 끊임없이 넘나드는 노마드의 증언이다.

허황된 소리 늘어놓지 말고 실용적인 지식을 배우며, 중국의 고문(古文)을 본뜨지 말고 삼라만상의 실상에 눈뜨라고 꾸짖는다. 이런 《열하일기》를 당시 사대부들은 두려워했고 심지어는 금서로 묶어 버렸다. 왜 그랬을까?

연암의 시 한 편을 들여다보자. 연암의 형님이 죽고 난 뒤에 쓴 묘비명.

우리 형님 얼굴은 누굴 닮았나?
아버지 생각나면 형님을 보았지.
이제 형님 생각나면 그 누굴 보나?
시냇물에 내 얼굴을 비추어 보네.

너무도 맑다. 맑고 투명한 것을 견디지 못하는 체제. 그것이 조선 후기 사회였다.

당파 싸움의 아수라장을 뒤로하고 연암은 드넓은 중원 땅으로 훌쩍 떠난다. 낯선 곳에서 밤을 보내니 마음이 설렌다. 별것 아닌 일들도 새롭게 보인다. 굽이쳐 흐르는 압록강 가에서 하룻밤을 보내기도 한다. 조선 사절단의 야영 장면을 연암은 이렇게 묘사한다.

역졸과 마부, 하인들은 무더기무더기 냇물을 등지고 나무를 얽어매어 자리를 잡았다. 밥 짓는 연기는 서로 잇닿았고 사람들이 떠드는 소리, 말 울음소리가 아주 버젓해서 한 동리를 방불케 했다. 의주 장사패 한 떼가 따로 자리를 잡고 냇가에서 닭 수십 마리를 잡아 씻고 있고, 한편으로는 그물로 고기를 잡는다, 국을 끓인다, 나물을 삶는다고 야단이다. 밥알은 번지르르하게 기름져 살림이 제일 푼더분해 보였다.

여차하면 달려들어 한 술 퍼고 싶은 생각이 절로 난다. 여행의 즐거움, 먹고 쉬는 일의 행복함이 그림처럼 다가온다.

힘들게 힘들게 마침내 열하에 도착한 사절단. 그 일행에게 황제는 자신이 스승으로 모시는 티베트의 판첸 라마를 찾아뵙고 문안드리라고 명하시네. 황제의 명이라 거절은 어렵지만 꼬장꼬장한 유학자들더러 땡중에게 절을 하라니! 겉치레로 대충 치르고 말았는데, 그 때문에 사절단은 황제의 노여움을 사 귀국길에 형편없는 대접을 받고 만다. 잘했다 잘했어.

그 판첸 라마를 연암은 이렇게 관찰한다.

"그가 입은 옷은 모두 금실로 짰으므로 살빛은 샛노랗게 되어 마치 황달병 걸린 자만 같았다. 대체로 누런 금 빛깔로 뚱뚱부어터질 듯이 꿈틀꿈틀 군지럽게도 살은 많고 뼈는 적어서 맑고 영특한 데가 없고 보니, 비록 까맣게 쳐다볼 만하고 앉은 덩어리가 방에 가득 찼으나 보기에 겁나 보이들 않고 멍청한 것이 무슨 물귀신 화상만 같아 보였다.”

일말의 존경심도 없다.

왜 그런가? 연암의 눈에 판첸 라마는 숭배의 대상이라기보다는 국제 외교라는 장기판에 놓인 말로 보였기 때문이다. 판첸 라마는 여러 세력권으로 나누어진 서장 지방을 분리 통치하기 위한 청국의 인질에 불과했던 거다. 우리나라가 청국의 후대를 입고 있는 것도 마찬가지 이유다. 그러니 조금 대접받는다고 마음이 푸근해져 만사에 소홀하고 방심하면 어리석다는 것이다.

그런데 열하에서 황제를 배알하고 돌아오는 조선 사절단은 골칫덩이를 하나 안고 온다. 판첸 라마가 선사한 목불(木佛)이다. 도중에 어느 절간에 내버려 둔다면 황제의 노여움을 살 테고, 조선으로 가져간다면 유학을 숭상하는 조정에 말썽이 일게 뻔하다. 고민 끝에 나무 궤짝을 만들고 그 안에 넣어 압록강에서 띄워 보내기로 한다. 그렇게 결정해 놓고 조선의 선비들은 회심의 미소를 짓는다. 목불에 요괴가 붙어 있다고 킥킥거리면서.

《열하일기》는 말하자면 상대를 알고 나를 알고자 하는 치열한 전투의 기록이다. 청국은 도대체 어떤 나라인가? 청나라가 일어난 지 140여 년이 되건만 우리나라의 식자들은 중국을 오랑캐라고 욕하며 명분만 내세우고 있었다. 마지못해 사절단은 부지런히 보내면서도 미묘한 외교관계를 오로지 역관에게만 맡겨 둔 채 나 몰라라 하는 꼴이었다.

그러나 청나라는 만만한 나라가 아니었다. 예컨대 청나라의 황제가 대륙의 모든 책들을 한데 모았던 사고전서(四庫全書) 사업에 대해서도 연암은 달리 본다. 한족의 자존심을 세워 주기 위해 모든 책들을 모아 교정하도록 했는데, 이는 한편으로는 중국 땅의 선비들을 약하게 만들고 다른 한편으로는 문치(文治)를 편다는 명분을 얻는 교묘한 술책이라는 거다. 옛날 진나라처럼 선비들을 파묻어 죽이지는 않으면서도 그들을 도서 교정하는 사업에 파묻어 버려 썩게 한다는 것이다.

이처럼 고급 정보 분석가이면서도 몸소 현장을 뛰는 노마드 전사인 연암은 정보를 수집하느라 바쁘기만 하다. 종로의 인사동보다 수십 배로 규모가 큰 골동품 골목을 돌아다니던 연암의 눈에 띈 것! 바로 허준의 《동의보감》이다. 우리나라 책 중에서 중국에 들어가 히트 친 게 별로 없는데 《동의보감》은 예외였다. 중국에서 발행된 이 책의 서문을 보니 너무 잘되었기에 연암은 그 자리에서 베껴 쓴다. 반가운 나머지 책을 사고 싶었으나 너무 비싸 그 서문만 베끼고 만다.

열하에서 북경으로 돌아와 보니 연암의 보따리가 제법 묵직하다. 일행이 궁금해서 그 안에 무엇이 들었을까 펼쳐 보니 가지고 갔던 붓과 벼루 그리고 필담들을 기록한 원고가 전부다. 그런데도 연암은 청나라를 백분의 일밖에 못 봤다고 안타까워한다. 발로 뛰고 몸으로 부대끼며 모은 그 자료를 들고 조선으로 돌아와 몇 년 동안 씨름하며 정리한 것이《열하일기》다.

예나 지금이나 약소국의 처지에서 국제 외교는 버겁다. 미국에도 중국에도 일본에도 기대기 어렵다. 지금 남북이 처한 상황을 봐도 뻔한 일 아닌가. 먼저 제대로 알아야 한다. 그래야 변화에 능동적으로 대처할 수 있으니까. 연암은 그 점을 꿰뚫어 보고 있었다. 그래서 이 사람 저 사람 만나고 이 자료 저 자료 모으며 북경의 뒷골목을 누비고 다녔던 거다.

멋쟁이 중의 멋쟁이 연암 선생 이야기를 그냥 끝내기 섭섭해 그분의 장난기를 잘 보여 주는 장면 하나만 더 소개한다. 웃음은 우리를 젊게 만들어 주니까.

청나라 황제를 배알하는 사절을 따라 베이징으로 간 연암. 어차피 무직 건달 신세니 시간은 많다. 여장을 풀고 일단 중국이 자랑하는 빼갈부터 한잔하려고 뒷골목의 중국집, 아니 식당으로 들어서니 중국인들이 웬 촌놈이 왔지, 하고 쳐다본다. 오기 발동한 연암이 주문을 한다. 주인장, 여기 빼갈 한 사발 주소! 빼갈은 도수가 높아 작은 잔에 따라 홀짝 마시는 게 보통이다. 중국말도 못 하는 연암은 종이에다 백알일발, 곧 빼갈 한 사발이라 써서 건네준다. 중국인들 앞에서 똥폼 잡고 싶었던 연암은 그 독한 빼갈을 사발째 주욱 들이킨다. 옆자리 중국인들이 저 촌놈, 이제 죽었다, 하고 킥킥거리는데 연암이 주인장, 또 한 사발, 하고 주문한다. 어라, 어어, 하는 사이에 연암은 보란 듯이 두 번째 사발을 주욱 들이켰다. 역사상 희대의 연속 원샷!

중국인들이 놀라 입을 쩍 벌리며 존경의 시선을 보내는 동안 연암은 조금도 흔들림 없이 한 잔도 안 마신 듯 이 정도가 뭐 술인가, 하는 천연덕스러운 표정으로 의관을 다듬고 중국집을 나온다. 그러고는 다리야 나 살려라, 부리나케 숙소로 달려간다. 아무리 독주라도 입으로 들어간 뒤 몇 분은 지나야 취기가 온다는 사실을 이용해 중국인을 골려 준 연암. 다음 날 종일 뻗어 있었을 걸로 추정된다.

—

안 볼 책들을 틈틈이 내버리고 있다. 오늘은 서른 권 쯤 폐기 처분. 빽빽하던 책장이 헐렁해지니 책장 사이로 바람이 살랑살랑. 정리하다 보니 오래된 메모지에 요래 써 놓은 게 눈에 띈다.

— 알코올 중독이 어때서. 돈 중독보다야 낫지. —

2001년 6월경의 낙서다. 언제 끝날지 모를 실업자 시절. 한잔하고 한마디 남겨 놓았던 모양이다. 누구나 평생에 한 번쯤은 명언을 남기기도 하는군. 흠흠. 그새 바보주막 도착!

©장희창

술값 문제. 1차는 니가 냈으니 2차는 내가 낸다는 방식은 촌스럽다. 음주 정신에 맞지 않는다. 월급 많이 받는 사람이 무조건 낸다. 갑과 을의 용돈이 각각 100만 원, 50만 원이라면 갑의 용돈이 50만 원이 될 때까지 술값은 무조건 갑이 낸다. 그러니까 그동안 을은 술을 얻어먹는 게 아니고 마셔 주는 거다. 술값보다 더 귀한 건 시간 아닌가. 그러니까 술값 내는 사람의 자세. 제가 돈이 약간 있는데 혹시 술 드실 의향이 있으시다면 대접하겠나이다. 시간 쫌 내주시겠나이까. 또는 쫌 같이 마시도! 그러니까 술 '사 준다'는 말은 별로다. 실례다.

실업자 생활을 오래 했기 때문에 술 많이 얻어먹었다. 아니 마셔 줬다. 불만? 굿모닝 술꾼 여러분!

바람이야 제멋대로 불라지요

보카치오, 《데카메론》

엄숙한 거 싫어. 자연, 솔직, 명랑한 게 좋아. 이런 목소리가 들리는 듯하다. 내 마음도 늘 그랬으면 좋겠네. 보카치오가 쓴 《데카메론》은 인간의 자연스러운 욕망을, 그중에서도 여성들의 욕망과 사랑을 유쾌하고도 사실적으로 보란 듯이 풀어낸 이야기다. 중세의 암흑 한가운데 이런 드넓은 자유의 들판이 있다니.

데카메론은 열흘간의 이야기란 뜻이다. 1348년 페스트가 휩쓸고 간 피렌체. 보카치오는 페스트를 피해 한적한 교외의 별장에 모인 일곱 명의 여성과 세 명의 남성이 열흘 동안 쏟아 내는 백 가지 이야기를 통해 참혹함 속에서도 명랑함을 잃지 않는 인간들의 용기와 열정을 보여 준다.

남자는 우울하거나 무거운 생각 따위에 눌리더라도 여러 방법으로 기분을 전환할 수 있지만 여자들은 그렇지 못하다는 게 보카치오의 생각이었다. 그래서 주로 여성들로 하여금 자신의 사랑을 지혜롭게 쟁취해 나간 이야기들을 풀어놓게 한다. 영혼뿐 아니라 육체의 기쁨이 지닌 가치를 라틴어가 아닌 피렌체의 속어로 종횡무진 써 내려갔던 것이다.

점잖지 못하게 부인들을 기쁘게 하고 위로하는 데 너무 골몰해 있다는 둥 허접한 것들을 따라다니며 수다를 떤다는 둥 비난받았고 심지어는 생명의 위협마저 받기도 했다. 그래도 우리는 '고상한' 뮤즈들과는 함께 살 수 없으며 그들도 우리와 함께 살 수 없다며 보카치오는 문학을 속세의 저잣거리 한가운데로 데려온다. 여자들은 자기에게 수많은 시를 쓰게 했지만 뮤즈들은 자기가 창작하는 데 어떤 동기도 주지 못했다는 것이다.

그는 책을 쓴 동기를 이렇게 선언한다.

> 친절한 부인들이여, 나는 하느님과 여러분의 은혜로 무장하고 불굴의 인내와 함께 앞으로 계속 나아가려 합니다. 바람이야 제멋대로 불라지요. 먼지가 일든 회오리바람이 불든, 그 어떤 일이 일어나도 나는 땅 위에서 흔들리지 않을 것입니다. 사랑은 자연의 법칙이므로 거기에 반항하지

않을 것이며, 반항이란 쓸데없는 일이며 커다란 손실을 가져올 뿐입니다.

만일 반항할 힘이 있다면 자신을 위해 쓰기보다는 다른 이들에게 빌려주겠노라고 넉살을 부린다. 삶의 자연성에 대한 넉넉한 시선이 출렁인다.

이야기 하나만 소개. 사랑하는 아내가 어린 아들을 두고 저세상으로 가 버리자 전 재산을 하느님의 사업에 기탁하고 산으로 들어간 남자. 아이에게는 세속의 일을 알지 못하도록 하느님과 영원한 삶의 영광에 대해 늘 이야기하고, 신성한 기도만 가르쳐 준다.

어느덧 열여덟 살이 된 아들. 아버지만 고생한다며 아들이 아버지를 따라 피렌체로 간다. 화려한 도시의 풍경에 아들은 눈이 휘둥그레진다. 특히 젊고 아름다운 여자들이 지나가자 아들은 '저게 뭐냐'고 묻는다. 아버지는 젊은 아들의 육체에 담긴 일촉즉발의 욕망을 자극하지 않기 위해 "여자"가 아니라 "사악한 거위"라고 말해 준다.

아들 왈. 아버지, 저 거위란 것들 중 하나를 갖게 해 주세요. 저것들은 아버지가 언제나 보여 주는 천사들 그림보다 훨씬 더 예뻐요. 제발요! 데려가서 먹이는 제가 줄게요. 아버지 왈. 난

싫다. 저것들이 어떤 먹이를 먹는지 네가 몰라서 하는 말이야! 아버지는 자신의 집념보다는 본능의 힘이 더 강하다는 걸 뼈저리게 느끼고는 아들을 피렌체에 데려온 걸 후회한다.

교회와 성직자들의 위선 폭로, 자신의 욕정을 용감하게 고백하는 과부 이야기, 끈질기게 자신의 사랑을 쟁취하는 현명한 여성 이야기 들. 페스트라는 죽음의 병 앞에서 드러나는 인간들의 천태만상 어둠에 맞서 펼치는 남녀들의 사랑 이야기는 끝도 없이 이어진다. 포르노는 결코 아니올시다.

운명의 장난으로 여러 명의 남자를 거쳤던 공주가, 원래 배필로 정해졌던 왕과 마침내 행복한 결합을 하게 되었다는 이야기도 나온다. 그런데 이 착하고 아름다운 공주가 겪은 여러 가지 사건들을 듣고 등장인물인 부인들은 한숨을 쉰다. 왜 그랬을까요? 불쌍해서가 아니라 그렇게 여러 번 결혼한 공주가 부러워서 그랬을 거라고 자문자답 익살을 떨기도 한다. 보카치오의 어조는 어찌 그리 능청스럽고 따뜻하고 자유분방한지. 때는 14세기임을 잊지 말 것. 책장을 덮기 힘들다.

한 작가의 작품에서도 그 에너지가 유달리 출렁이고 굽이치는 데가 곳곳에 있다. 그 대목에 밑줄을 쳐 놓았다가 다음에 그곳을 읽으면 작가의 영혼이 소용돌이치며 곧장 다가온다. 《데카메론》에서는 네 번째 날 첫 번째 이야기가 압권이다. 책 보면서 오랜만에 눈가에 물기가 쫌 아른아른. 애틋하고 간절한 얘기다. 아, 이래서 보카치오가 부활을 의미하는 르네상스의 대표 작가인 거지.

오래전에 과부가 된 딸을 둔 어떤 공작이 애착 때문에 딸을 재혼시킬 생각은 조금도 하지 않는다. 착한 딸은 결혼은 포기하고 멋진 애인이나 있었으면 하고 바란다. 근데 하필 눈에 든 사람은 오래 알고 있던 천한 신분의 하인. 그러나 인품과 행동은 귀족보다 더 고상했다. 둘은 남몰래 사랑을 불태운다.

그러다 고루한 아버지에게 사랑을 들키고 만다. 청년은 옥에 갇히고 딸은 아버지에게 격렬하게 대든다. 아버지가 보기에 딸이 정숙하지 못한 것까지는 참을 수 있었으나 그 상대가 하필 천한 신분이라는 건 도저히 참을 수 없었던 거다.

딸은 아버지를 아버지라 부르지도 않고 "대공님"이라 부르며 당차게 항의한다. 이제 나이가 드셨지만 대공님도 청춘의 법칙이 어떤 모양으로 얼마나 힘차게 솟아오르는지 잘 기억하시지 않느냐고. 자기도 대공님이 주신 육체를 가진 젊은 여자로서 정력적인 욕망이 가득하다며 거침없이 쏟아 낸다. 독재자 리어왕에게 대드는 막내딸 코델리어의 목소리이기도 하다. 나는 아버지의 소유물이 아니며 나중에 남편을 맞게 되면 아버지를 사랑하는 것과 같은 마음으로 그분을 사랑하겠노라고 코델리어는 선언하지 않았던가.

5백 년 아니 7백 년을 앞서 울리는 자유와 평등의 외침. 항변은 꼿꼿하며 논리정연하다. 대공님은 인간의 진실보다는 흔한 관습을 따르며, 사랑의 죄를 저지른 것 때문이 아니라 신분이 천한 남자와 관계한 것 때문에 자신을 책망한다는 것이다. 내 친김에 운명은 너무나도 자주 고귀하지 못한 자를 높이 올리고 고귀한 자들을 낮추건만 대공님은 그런 이치를 왜 모르느냐고 당차게 몰아세우기까지 한다. 괴테와 셰익스피어가 왜 보카치오를 자기들의 선배로 보았는지 알겠다.

우리 모두는 동등하게 태어났고 무엇보다도 인간은 덕성에 따라 평가받아 마땅하다는 것이다. 그러면서 자기 애인에게 내릴 형벌을 자기에게도 내려 달라고 말한다.

고루한 아버지, 성질 안 나게 생겼나. 이런 정면 도전이라니. 공작은 청년의 심장을 도려내어 황금 잔에 담아 딸에게 갖다줘 버린다. 이를 악다문 딸이 말한다.

"이 안의 심장에 어울리는 무덤은 황금 잔밖에 없는데 대공님의 행동은 참으로 현명하군요."

슬퍼하면서도 당차게 진실을 말하는 냉철함. 그건 중세 봉건사회의 질곡을 후려치는 작가의 절절한 외침이다.

잔을 꼭 붙든 채 딸이 말한다.

아아! 나의 모든 즐거움이 깃든 정다운 쉼터여! 내 얼굴에 달린 눈으로 이 순간 당신을 바라보게 만든 자의 잔혹함에 저주를 내리소서. 나는 언제나 마음의 눈으로 당신을 바라보았어요. 이제 당신은 생명을 다하였네요. …… 살아 있는 동안 그렇게 사랑하셨던 여자의 눈물만 있다면 당신 가시는 길에도 부족함이 없겠지요. …… 당신의 영혼이 아직 나를 사랑한다고 확신하니 나의 영혼을 기다려 줘요. 우리 사랑이 영원히 이어질 수 있도록.

이 장면을 읽고도 눈물이 글썽이지 않는다면…… 뭐 엄청 차분한 사람일 테지.

딸은 기어이 청년의 심장이 든 황금 잔에 눈물을 하염없이 쏟고 거기다 미리 준비해 둔 독약을 타 단숨에 마셔 버린다. 때늦게 후회하는, 그러나 죽음의 메시지를 도대체 알 길 없는 대공은 딸의 소원대로 두 사람을 같은 무덤에 묻어 준다.

—

문학 강의…… 힘들다. 내 생각의 굴레가 너무 뻔히 보이니까. 죽도록 노력하지 않으면 제자리 뺑뺑이다. 그래도 가끔 샘물처럼 싱싱한 학생들의 생각을 들으면 힘이 난다. 얼렁뚱땅하지 않는 지적인 성실성. 편견 없는 열린 마음. 귀한 거다.

학생들이 제출한 중간 과제, 중간시험, 기말시험 답안을 들여다본다. 셋을 종합하면 그 사람이 가진 생각의 윤곽이 조금은 보인다. 특히 뒤에 제출한 글이 앞에 쓴 글보다 조금이나마 나아진 경우를 보면 기분이 상쾌하다. 이건 내 즐거움이다. 답답한 일도 많지만 세상이 한꺼번에 좋아질 리는 없는 거지. 역사에 로또가 어딨나. 한 인간이 가진 역사만 하더라도 그렇게 조금씩, 넓고 깊어지는 거겠지.

권력에 눈먼 리어왕 이야기. 리어왕이 자신을 진정으로 사랑하는 막내딸 코델리어를 알아주지 못하는 것을 한 학생은 이렇게 표현한다.

늦은 후에 후회하는 것만큼 비참한 것은 없다. 리어왕이 모든 것을 잃었을 때 만약 코델리어에게 자신을 사랑하느냐고 물었다면 코델리어는 사랑한다고 말했을 것이다. 가장 빛나는 순간에 사랑한다고 말하는 사람보다 가장 초라한 순간에 사랑한다고 말할 수 있는 사람이 진짜 자신을 사랑해 주는 사람이라고 생각한다.

깜짝 놀랐다. 이제 막 스무 살이 된 학생의 입에서 이런 말을 듣다니.

나는 내가 가장 초라한 순간에 함께 있어 줄 사람이 있는지 생각했고 또한 내가 가장 빛나는 순간에도 옆에서 쓴소리를 해 주는 사람을 소중하게 여겨야겠다고 생각했다.

와우. 번갯불이 먹구름을 관통해 버렸다. 셰익스피어를, 문학을 전공한 것과 셰익스피어를, 문학을 제대로 이해하는 건 완전 별개의 문제다. 입 떨거지들아 이 번갯불을 보라!

©장희창

햇빛이 가리지 않게 비켜 서 주시오

플루타르코스,

《플루타르코스 영웅전》 '알렉산드로스 대왕' 편

《데카메론》이 르네상스의 밝은 빛으로 환하다면, 셰익스피어, 루소, 괴테 같은 대작가들에게 커다란 영향을 미쳤던《플루타르코스 영웅전》에는 관대하고 건강하고 헌신적인 인물들이 줄줄이 등장한다. 이들 모두가 순수하고 밝고 따뜻한 영혼의 소유자들이다. 이런 책은 읽다 보면 자기도 모르게 밝은 빛 쪽으로 끌려간다. 아, 2천 년도 더 전에 이런 멋진 분들이 살았다니. 절로 감탄사가 나온다. 그리스 로마 시대 여러 영웅들의 행적을 세세하게 묘사한《플루타르코스 영웅전》은 정치적인 사실을 객관적으로 기술한 게 아니라, 영웅들의 내면세계와 성격형성에 초점을 맞춰 인물의 특성을 그리고 있기 때문에 더욱 흥미진진하다. 멋진 인품의 사나이들.

기원전 4세기의 알렉산드로스도 그들 중 하나다. 마케도니아 왕이었던 필리포스는 다혈질이긴 해도 교육열만은 대단해 아들인 알렉산드로스에게 당대 최고의 철학자였던 아리스토텔레스를 과외 교사로 붙여 주었다. 그리하여 알렉산드로스는 문무를 겸비한 용장으로 거듭 태어났던 거다.

알렉산드로스가 당시 명성을 날리던 디오게네스를 직접 찾아가 원하는 거 없느냐고 묻자, 햇빛이 가리지 않게 비켜 서 주시오, 하고 답하는 장면도 나온다. 대제국을 건설한 대왕을 그토록 우습게 보는 철학자의 도도함에 경탄한 알렉산드로스는 부하들이 디오게네스를 비웃자 이렇게 말한다. "정말이지 내가 만일 알렉산드로스가 아니라면 디오게네스가 되고 싶네."

승리에 승리를 거듭했던 알렉산드로스는 자신의 재산을 축적하지 않고 부하들에게 서슴없이 나누어 주었다. "신하들이 걱정되어 전하께서는 자신을 위해 무엇을 남겨 두시겠느냐고 묻자, 그는 희망을 남겨 놓겠소, 하고 툭 잘라 대답해 버린다." 그러자 부하들도, 그렇다면 우리도 그 희망을 같이하겠습니다, 라고 반응을 보인 건 당연지사.

알렉산드로스는 적에게 이기는 것보다 자신에게 이기기를 작정이라도 한 듯, 정복한 나라의 여인네들을 거들떠보지도 않고 오히려 세심하게 돌보아 주었다. 음식도 극히 절제했다. 맛

플루타르코스 영웅전 '알렉산드로스 대왕'

있는 아침 식사를 위해서는 야간 행군을 하고, 맛있는 저녁 식사를 위해서는 아침을 적게 먹는다는 식이었다. 한마디로 절제의 인간이었다.

전투 때는 최선을 다해 용감하게 싸웠지만, 승리한 뒤에는 패배자들을 온유하게 다루었다. 페르시아의 왕, 다레이오스도 그 자제력과 너그러움에 반했던 모양이다. 자신의 제국이 융성하기를 신들께 빌지만 만에 하나 운이 다해 제국에 종말이 온다면 그 왕좌를 알렉산드로스가 차지하게 하소서, 하고 기도를 올렸던 것이다. 서른두 살의 이른 나이에 죽었지만 많은 업적을 집중해서 이룰 수 있었던 것은 "절제와 온유함"의 인간이었기 때문일 거라고, 플루타르코스는 말한다.

알렉산드로스 대왕의 행적 중 흥미로운 것들 좀 더 소개. 승리에 승리를 거듭해 부와 노획물이 늘어나면서 측근들이 사치와 게으름에 빠지자 그는 점잖게 나무란다.

> 남에게 노고를 지우는 자들보다 남을 위해 노고를 불사하는 자들이 더 단잠을 잔다는 걸 잊지 마시오. …… 정복의 궁극 목적이 피정복자들을 닮지 않는 것임을 그대들은 모른단 말이오.

그래도 측근들은 부와 허세에 사로잡혀 나태한 생활에 빠져들었고, 이를 꾸짖는 알렉산드로스를 오히려 비방하자 그는 태연자약하게 대꾸한다.

"좋은 일을 하고도 욕을 먹는 것이 제왕의 몫이다."

통 크다. 통 커. 관용의 두 얼굴은 겸손과 자신감이다.

또 다른 일화. 알렉산드로스는 사형에 해당하는 큰 범죄를 재판할 때는 고발인이 말하는 동안 한쪽 귀를 손으로 막곤 했는데, 그 귀를 깨끗하게 지켜 피고발인의 말을 편견 없이 듣기 위해서였다고 한다. 어이구, 왕 노릇 제대로 하기 참 힘들었겠다. 어쨌거나 대왕답다.

일의 성패를 넘어 힘의 크기가 아니라 마음의 크기가 '영웅'의 영웅다움을 말해 주는 것이다. 《플루타르코스 영웅전》의 핵심은 여기에 있다. 플루타르코스는 영웅의 업적이 아니라 그 내면의 심리를 냉철하게 투시한다.

알렉산드로스 대왕의 생애는 짧았으나 종횡무진 활약으로 보통 사람 같으면 천년 걸려도 겪지 못할 수많은 일화를 남겼다. 그의 정복 전쟁에 숱한 반란군이 도전했을 것은 뻔하다. 그 중에서도 나체 수도자란 별난 이름의 승려 집단이 커다란 골칫거리였던 모양이다. 마침내 나체 수도자 열 명을 생포했는데, 그들은 소피스트처럼 어려운 질문에도 간단명료하게 대답하는 것으로 유명했다. 알렉산드로스는 질문을 던질 테니 괜찮은 답변을 하면 살려 주겠노라고 여유만만하다. 철학자 아리스토텔레스의 제자답다. 살벌한 전쟁터에서도 유머 감각이 생생하다. 여유가 넘친다.

첫 번째 질문. 산 자와 죽은 자 중에 어느 쪽이 더 많은가? 산 자가 더 많습니다. 왜? 죽은 자는 더 이상 존재하지 않기 때문입니다. 명답이다. 오케이. 통과. 너는 살려 준다.

또 다른 수도자에게 묻는다. 낮과 밤 중 어느 쪽이 먼저 태어났느냐? 낮이 먼저 태어났습니다. 기다렸다는 듯 답이 툭 튀어나왔다. 왕이 어리둥절해하자 어려운 질문엔 어렵게 답해야 한다는 능청스러운 답변이 금방 돌아왔다. 통과.

알렉산드로스가 또 묻는다. 사람은 어떻게 해야 가장 사랑받을 수 있느냐? 또 다른 수도자가 대답했다. 막강한 권력이 있으면서도 공포스럽지 않다면요. 권력을 함부로 휘두르지 마시고 나 좀 살려 달라는 소리를 이래 교묘하게 툭 던진다. 다급한 상황에서도 애교스럽다. 너도 살려 주마.

그 밖에 깜찍한 즉문즉답이 오갔고 수도자들은 모두 목숨을 건졌다. 전쟁 한복판에서 기록한 것인데도 넉넉한 유머가 살아 있으니 숨 쉴 만하다. 물론 이런 영웅들의 이야기를 전하는 플루타르코스 또한 진정한 영웅.

중요한 건 액션!이지요

브레히트, 〈독서하는 노동자의 질문〉

《플루타르코스 영웅전》에만 영웅이 있는 건 아니다. 우리 주변에도 얼마든지 있다. 내가 사는 아파트 상가에서 철물점을 하는 황 사장. 인상이 쫌 우락부락해 별로 믿음이 가지 않았다. 샤워기 같은 게 고장 나면 와서 곧잘 고쳐 주곤 하는데도 왠지 무뚝뚝하기만 했다. 얼마 전에 가게에 들러 우리 집 형광등이 불이 안 오거나 희미하거나 깜박거려 이참에 엘이디등으로 왕창 바꿔 달라고 부탁했다.

재료와 연장을 들고 금세 나타난 황 씨. 방마다 쓰던 형광등을 떼어 내고 새 등으로 바꾸는데 그 손놀림이 어찌나 민첩하고 정확한지. 보고만 있는데도 절로 기분이 상쾌하다. 의자 위에 올라가 일하며 요거 저거 챙겨 달라는 대로 거들어 주며 싱거운 이야기를 나누는데 유머 감각도 능숙한 손놀림 못지않다.

집 안이 이래 어둠침침하도록 왜 그냥 두었냐고 싱글거리며 말하길래, 뭐 게을러서 그렇지요, 했더니, 뭐든 미루지 마이소. 중요한 건 그때그때 필요할 때마다 "액션"이지요. 우와, 정곡을 찔리고 말았다. 낄낄거리며 이런저런 이야기를 나누다 보니 능동적이고 실천적이고 밝은 사람이라는 느낌이 확 든다.

화장실 세면대 아래에서 물이 조금씩 새는 걸 오랫동안 내버려 두어 바닥이 늘 축축한 상태니 그것도 봐 달랬더니 몇 번 두드려 보고 째려보고 하더니 연결 관의 어떤 부분이 잘못됐는지 금방 명쾌하게 진단 내리고는 재료를 가져와 깔끔하게 고쳐 주었다.

아이코, 도사네요, 생활의 달인이시네요, 하고 치켜 주니 싱글벙글 웃으며 "뭐, 액션이지요" 하고 대꾸한다. 지금까지 무뚝뚝하던 얼굴이 완전히 달라 보였다. 온 얼굴에 웃음이 가득하다. 자기도 기분이 좋았던지 일을 마치고 나가며 뒤돌아보고 한마디 툭 던진다. 앞으로는 엔간하면 미루지 마이소. 액션, 알지요, 하고 다시 강조한다. 우와, 한 수가 아니라 여러 수 배웠다. 오래 연락 못 한 친구가 문득 생각나네. 만나서 한잔할 즐거움을 너무 오래 미루고 있었다. 그 후로 가게 앞을 지나다 눈길이 마주치면 서로 씽긋 웃음을 나눈다. 그동안 가졌던 선입견

이 싸그리 사라졌다. 《장자》에 나오는 소 잡는 달인 '포정'이 저런 인물이 아니었을까.

자잘한 고장들은 얼마나 많은가. 그 원인을 순식간에 진단하고 처방 내리고 말끔히 수리해 버리는 달인의 위용. 같은 동네에 사는 내 노모가 길에서 황 씨를 만났더니, "할머니 아들, 머리 허연 사람 쫌 웃기데요" 하더란다. 어쨌거나 내 오해와 편견의 구름은 걷힌 셈이다. 나도 황 씨의 어조를 흉내 내어 마음속으로 한마디 질러 본다. "액션!" 황 씨가 할 때는 어울리더니 내가 해 보니 영 별로다.

한 분야에서 경지에 달한 달인의 얼굴에는 끈기와 정직함이 배어 있다. 비약이 없다. 논문을 쓰면서 저들처럼 성실했던가, 논리 비약과 과대망상의 연속은 아니었던가 하는 자괴감도 든다. 편법이 일쑤인 정·재계와 학계보다는 이들 생활의 달인들이 오히려 우리 사회를 건전하게 지탱하는 중심이라는 새삼스런 생각도 든다.

독일의 극작가 베르톨트 브레히트가 〈독서하는 노동자의 질문〉에서 던지는 문제도 같은 맥락이다.

청년 알렉산더는 인도를 정복했지.
그런데 그는 혼자였던가?

시저는 갈리아 사람들을 무찔렀지.

그런데 그의 옆에 요리사는 없었던가?

……

책장을 넘길 때마다 등장하는 승리.

그런데 누가 승리자들의 연회를 위해 요리를 만들었던가?

익숙한 대상의 그 익숙함을 뒤흔들어 버린다. 브레히트는 중심과 주변의 뒤집어 보기를 끊임없이 역설한다. 멀쩡하게 보이는 세상을 뒤틀어 보고, 찌그러뜨리고, 낯설게 만들어야 제대로 보인다는 것이다. 브레히트 연극의 '소격효과'는 그 점을 목표로 한다.

내가 읽은 작품 중에서 가장 강렬한 인상을 받은 등장인물은 돈키호테인데, 그 역시 이미 만들어진 틀에 갇힌 세상을 마음껏 조롱한다. '힘없는 자들을 돕기 위해서라면 어떠한 위험이라도 감수하겠다'고 맹세하며 편력의 길에 나선 돈키호테가 처음으로 만나는 인물은 창녀들이다. 그의 눈에는 주막집 문 앞의 창녀들이 우아한 귀부인으로 보인다. 주막집 여인을 보고 공주님, 하고 넙죽 엎드리는 돈키호테. 다른 사람들은 그런 돈키호테를 미치광이라고 하지만, 공주와 술집 여자를 구분하지 않는 돈키호테가 미친 걸까, 아니면 그 둘을 명료하게 구분하는 자들이 미친 걸까.

창녀와 귀부인을 하나로 보는 평등의 메시지가 돈키호테 '광기'의 정체다. 귀부인과 창녀가 같게 보이니 그가 장차 어떤 고배의 잔을 마시게 될 것인지는 뻔하다. 순수한 열정과 눈길 앞에서 모든 것이 뒤집힌다. 광기에 찬 인물로 알려진 돈키호테는 알고 보면 '도통한' 인간이다. 브레히트의 시, 세르반테스의 《돈키호테》는 이처럼 중심과 주변의 이분법을 해체하라고 설파한다. 소유의 질서를 자연의 질서로 되돌리려는 몸부림이다.

나무들은 어디서나 푸르다. 굳이 설악산으로 지리산으로 갈 것도 없겠다. 부산의 금정산, 장산, 백양산도 아름답다. 내가 걸어서 출근하는 가야돌산 길도 보면 볼수록 정겹다. 땀을 흘릴수록 몸도 시원해지고 잡념도 줄어든다. 다시 보니 모든 곳은 세상의 중심이며 주변은 어디에도 없다. 중심이라는 생각도 주변이라는 생각도 망상에 불과한 게 아닐까. 아, 이제 다 왔다. 저기 앞에 청소하는 아주머니의 모습이 보인다. 연분홍 고무장갑을 낀 채 대걸레로 묵묵히 복도를 닦고 계시네. 저분들 제대로 쉴 수 있는 휴게실이라도 있는 걸까.

—

오래전 일이다. 광안리 바닷가 어떤 이가 사는 아파트에 놀러 간 적이 있다. 파도도 제법 철썩철썩. 경치도 괜찮네. 근데 보니까 이 양반이 중국집에 짜장면 한 그릇을 달랑 시켜 먹는 거다. 에이, 한 그릇이면 그냥 산보 삼아 가서 먹지요. 배달원 짜증 날 텐데. 그랬더니 그건 고객의 당연한 권리란다. 할 말 없네. 그 양반이 참 낯설어 보였다.

서울의 무슨 고급 아파트에서는 음식 배달을 화물용 승강기를 통해서만 하도록 주민들끼리 '민주주의적으로' 합의를 본 모양이다. 그럼 배달원은 뭐가 되는 거야. 당신들이 냠냠 하는 음식 냄새가 뭐 어떻다는 거야. 피자 냄새 짬뽕 냄새 폴폴– 식욕도 돋우고 좋기만 하더만.

천 길 낭떠러지에서 손을 놓아라

김구, 《백범일지》

가끔 독일에 갈 일 있으면 프랑크푸르트 공항을 이용한다. 몇 년 전이던가. 프랑크푸르트 공항에 내려 라이프치히행 기차를 탔다. 아니, 이 차분한 분위기. 어, 왜 이렇지. 다시 보니 승객의 절반 정도가 독서를 하고 있다. 여기가 도서관인가. 내 자리를 찾아가니 중년의 아주머니가 두툼한 책을 읽고 있었다. 슬쩍 보니 도스토옙스키의《카라마조프가의 형제들》이다. 아, 그렇지. 저런 뚝심이 독일 사회의 바닥을 지탱하고 있는 거다. 인간의 행위 중에 영혼을 울리는 저런 텍스트를 읽는 것보다 더 섬세하고 더 치밀하고 더 배려 깊은 게 어디 있겠는가. 저런 정신이 독일을 세계 최고의 마이스터 국가로 만들어 놓은 거겠지.

마이스터고만 만들어 놓았다고 마이스터 사회가 되는 건 아니다. 책은 안 보고 연속극만 보는 지도자와 시민들이 우리 사회를 이 모양 이 꼴로 만들어 놓았다. 무지한 자들이 구조조정 한답시고 칼자루를 쥐고 인문 관련 학과들을 초토화시키고 있는 거다. 우리 기차간이나 지하철 풍경. 남녀노소 할 것 없이 스마트폰에 코를 박고 있다. 초조하고 쫓기는 기운이 가득하다. 텔레비전은 틀면 못 먹어 환장했는지 먹방 이야기만 와글거리며 쏟아져 나온다. 승객들의 태반이 책을 보는 곳에 감돌던 차분한 기운하고는 많이 다르다.

국민 전체가 소화해 내는 독서량이 그 나라의 문화 총량, 경제 정의의 실현, 민주주의 수준, 끝내는 국력 전체와 일치한다고 나는 본다. 고통스러운 역사적 경험을 책으로든 행동으로든 삭이고 삭여 끝내는 그것을 넘어서는 것, 거기에서 문화가 태어나고 그러한 문화가 그 민족에게 품격을 부여하는 것일 테지.

나는 선언한다. 대학 졸업 때까지 김구 선생의《백범일지》를 읽지 않았다면 전공을 불문코 그 졸업장은 무효!《백범일지》는 세계 고전의 반열에 들고도 남음이 있는 책이니까.

이 책은 읽다 보면 마음이 따뜻해진다. 머리가 아니라 가슴이 요동친다. 굴곡에 찬 우리의 근현대사 한가운데를 죽을힘을 다해 건너가는 우리 할아버지 할머니들의 삶이 손에 잡힐 듯

생생하다. 역사와 문학이 한 몸이 되어 있다.

상하이 대한민국 임시정부 수석으로 있던 김구 선생이 어린 두 아들에게 유서 대신으로 쓴《백범일지》의 이야기들은 그 하나하나가 그림처럼 선명하다. 간절한 마음으로 있는 그대로 털어놓으니 별것 아닌 일도 시대를 뒤흔든 대사건도 영화 장면처럼 다가온다. 리얼리즘이 별건가.

아버지의 숟가락을 엿으로 바꾸어 먹었다가 매 맞는 장면, 서대문 감옥에 갇힌 아들을 면회 온 김구의 어머니 곽낙원 여사가 "나는 네가 평양감사가 된 것보다 더 기쁘다"고 말하는 장면, 여덟 번 고문당하고 일곱 번 혼절하는 이야기, 임시정부 시절 국무령의 신분으로 문전걸식하던 이야기, 감옥을 학교로 만들어 무지한 죄수들을 깨우쳐 주던 장면 들.《백범일지》는 파란만장한 우리 근대사의 기록이면서 또한 그 어떤 소설보다 흥미진진한 문학작품이기도 하다.

시해당한 명성황후의 원수를 갚으려 일본인 중위를 살해했던 김구가 체포되어 나룻배에 실려 가자 그를 따라가던 어머니는 아들이 당할 고초를 생각하고 뛰어내려 같이 죽자고 권한다. "나는 네 아버지하고 약속했다. 네가 죽는 날이면 우리 둘도 함께 죽자고." 천지는 캄캄하고 물결 소리만 들리는 가운데 어머니는 낮은 목소리로 축원을 올린다. 흔들리는 나룻배 위에 마주 선 어머니와 아들. 풍전등화 조선의 운명이 그림처럼 떠오른다.

또 다른 장면. 탈옥해서 시골을 돌아다닐 때의 심경을 김구는 이렇게 기록하고 있다.

"세상에 나와 가고 싶은 곳을 마음껏 활보하니 몸과 마음이 상쾌했다. 감옥에서 배운 시조와 타령을 흥얼거리면서 걸어갔다."

못 말리는 낙천주의자! 지옥도 천국도 걷어차 버리는 광활한 정신. 참으로 건강한 정신은 원한도 적대감도 다 튕겨 버린다. 심각하다가도 저절로 웃음이 터져 나온다.

동지들의 도움으로 탈옥한 김구는 주로 교육운동에 전념하다가 3·1 운동 후에 상하이로 망명한다. 하지만 그곳에서 그를 가장 괴롭혔던 것은 같은 민족끼리의 분열이었다. 훗날 역사에 대한 예고편이라도 되는 듯이 임시정부는 이편저편으로 나뉘어 싸움질을 계속했다. 국무총리 이동휘는 공산주의를 부르짖었고, 대통령 이승만은 허울 좋은 데모크라시를 주장했다. 김구는 이러한 분열을 두고 기괴한 현상이며, 민족의 원기를 소진하는 편협한 당파 싸움이라고 통탄한다.

이처럼 어지러운 정세 한가운데서도 광복군을 창설하여 여러 해 동안 참전 준비를 하던 김구는 일본의 항복 소식을 듣자

망연자실한다. 우리가 이번 전쟁에 한 일이 없기 때문에 장차 국제 관계에서 발언권이 미약하리라는 생각 때문이었다.

역사는 보란 듯이 그의 예견대로 흘러갔다. 미국이 주도하여 패전국 일본의 배상 문제를 결정했던 1951년 샌프란시스코 강화회의에 우리나라는 참석조차 못 했다. 패전국의 식민지는 참가 자격이 없다는 어처구니없는 이유 때문이었다.

해방이 되고도 분열은 그치지 않았다. 1949년 김구의 신년 연설.

> 우리나라는 옛적부터 오늘까지 '대가리 싸움', 곧 헤게모니 싸움으로 말썽이 많았다. 해방 후 우리나라에서도 머리 싸움이 벌어져서 서로 머리가 되려고 머리가 부서져라 싸움만 하고 누구 하나 발이 되려 하지 않았다.

"상하이 임시정부를 수립할 때 문지기를 자청했던" 김구는 권력을 추구하기보다는 권력에 저항했던 민주주의자였다. 해방 정국에서 그가 권력 투쟁에 능란한 이승만 세력에게 제거된 것은 민족사의 비극이었다. 한때는 김구가 십만 원 권 지폐의 인물로 선정되었다고 해서 좋아했더니 그동안 이런저런 핑계로 발행이 무산되고 말았다.

동학혁명에서부터 해방 정국에 이르기까지 근대 한국의 고통 한가운데를 온몸으로 버티며 긴장의 끈을 놓지 않고 살았던 백범 김구. 그가 평생을 품었던 화두는 '천 길 낭떠러지에서 손을 놓아라'였다. 작은 이익에 흔들리지 말고 오로지 실천의 삶을 살라는 말일 것이다.

해마다 대학의 새내기들을 보면 마음이 설레기도 하고 불안하기도 하다. 파릇파릇 호기심 어린 눈길 앞에서 희망을 말하기도 절망을 말하기도 어렵다. 그래서 나는 새내기들에게《백범일지》라는 시퍼렇게 살아 있는 역사의 현장을 탐방할 것을 권한다. 우선 읽어야 한다. 그러면 그 정신이 스며든다. 우선 알아야 한다. 그리고 실천해야 한다.

대학의 클 대(大) 자가 무슨 의미겠는가. 자아의 좁은 울타리를 벗어난 드넓은 세계, 자유와 평등과 온정이 넘치는 세상을 가리키는 말이 아니겠는가. 저기, 졸고 있는 학생, 대학의 대 자가 무슨 의미라고 그랬나?

—

지하철 안. 옆자리 할아부지가 얌전하게 책을 두 다리 위에 올려놓고 있다. 얼핏 옆모습을 훔쳐봤더니 졸고 계신다. 아아, 공손하게 맞잡은 손에 쌓인 연륜. 따뜻한 분일 게 틀림없다.

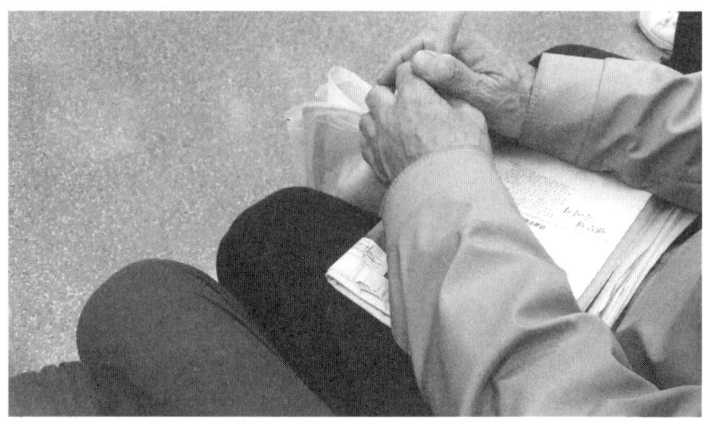

©장희창

소외를 강요하는 사회

괴테, 《젊은 베르테르의 슬픔》

예나 지금이나 세상은 흔들린다. 지금까지 소개한 텍스트들은 흔들리는 세상 한가운데를 청춘의 용기와 지혜로 힘차게 건너가는 경쾌한 이야기들이었다. 흔들리는 세상, 다시 말해 인간 소외와 그것을 극복하는 현장 이야기였다. 도대체 우리는 어떤 세상에 살았는가, 아니 살고 있는가.

2012년에 라이프치히에 머물 때 이런저런 자료도 챙기고 또 맥주도 홀짝거렸다. 11월 중순경 열차로 한 시간 정도 떨어진 거리에 있는 바이마르로 갔다. 괴테의 활동 무대였던 바이마르는 그야말로 괴테의 도시. "유럽의 문화 수도로서의 바이마르"라는 구호처럼 독일의 문화적 자존심이 응결된 도시다.

며칠간 머물며 도서관에도 조금 들락거렸다. 은행잎이 흩날리던 중심가를 지나가다 당시 괴테학회 회장이던 요헨 골츠 씨와 우연히 맞닥뜨렸다. 안면이 있던 터라 잠시 수다. 이렇게 우연히 만났을 때는 한잔하는 거라고 너스레를 떨며 근처 레스토랑으로 들어갔다. 마주하고 앉았는데 골츠 씨가 심각한 표정으로 고개를 좌우로 흔든다. 짚이는 데가 있어 "당신이 왜 그래 고개를 흔드는지 알겠다. 한국의 대통령 선거 때문에 그런 거 아니냐?" 했더니, 아니나 다를까, "독재자의 딸이 어떻게 대선 후보로 나오느냐?"는 답이 돌아왔다. 거의 울상이었다. 이 양반이 나보다 더 걱정이 많으시네. 나 원 참, 머쓱하게. 라이프치히 시내를 건들거리며 돌아다니던 나는 대선 직전에야 한국으로 돌아왔다. 물론 골츠 씨는 독재자의 딸이 대통령까지 되었다는 소식을 들었을 것이다.

제2차 세계대전 후 독일 사회는 히틀러 파시즘을 극복하기 위해 무진 애를 썼고, 이제는 내로라할 만큼 안정된 민주주의 체제를 과시한다. 전후 독일 사회의 최대 과제였던 과거사 극복은 어느 정도 달성된 것 같다. 문학 분야에서 보자면 귄터 그라스 같은 작가의 평생에 걸친 화두는 파시즘의 극복이었다.

지난 몇 달 동안 거리를 메운 촛불 시민의 평화 행진. 역사에 공짜가 있겠는가. 아슬아슬하게 그래도 씩씩하게 전진하는 우리의 민주주의. 이제 한 고비를 넘어섰다. 골츠 씨를 혹 다시 만난다면 봤지 봤지, 하고 큰소리치게 될 것 같다.

과거사 극복에 독일이야말로 본받을 만하다고 페이스북에서 호들갑을 떨었더니 페친 한 분이 괴테의 《젊은 베르테르의 슬픔》이 어떤 작품인지 알고 싶다고 하시네. 나도 한 번 더 정리할 겸 다시 책을 들추어 보았다.

독일이 자랑하는 국민 작가 괴테. 그가 60년 동안 살았던 바이마르는 말했다시피 독일 문화의 자존심이다. 괴테 시대의 환경을 원형대로 복원해 있는 그대로 괴테를 보여 주려고 애쓴다.—그에 비하면 거의 비슷한 시대에 살았고, 못지않게 훌륭했던 우리의 선조 두 분, 연암과 다산에 대한 대접은 어떤가. 창피한 노릇이다.

괴테는 우리나라에서는 주로 《젊은 베르테르의 슬픔》과 《파우스트》의 작가로 알려져 있다. 《젊은 베르테르의 슬픔》은 "목련꽃 그늘 아래서 베르테르의 편질 읽노라"라는 노래 가사가 말하듯이 청춘의 아련한 정서를 대표하는 작품으로 알고 있는 사람들이 많다. 당대 독일의 예민하고 다정다감한 청년 지식인의 피눈물 흘리는 고통스러운 고백이 우리나라에서는 꽃그늘 아래에서 노닥거리며 한가로이 읽을 수 있는 감상문학의 대명사가 된 것이다. 왜곡도 이런 왜곡은 없다.

여하간 괴테는 스물다섯 살에 발표한 《젊은 베르테르의 슬픔》으로 단숨에 세계적인 작가가 되었다. 출판되자마자 프랑스, 영국, 이탈리아 등지에서 중판을 거듭하며 번역되었고, 사실 여부를 떠나 나폴레옹이 일곱 번이나 읽었다는 말이 전해질 정도로 당시 전 유럽의 독서 대중을 사로잡았다. 지금 우리나라에서도 백여 종의 번역본이 나돌고 있을 정도다.

하지만 이 작품의 진의가 제대로 이해되었을까? 얼핏 보면 이 작품은 사랑의 번민 때문에 자살하고 마는 나약한 청년의 고백 정도로 이해된다. 그러나 자세히 들여다보면, 작품 곳곳에서 당대 젊은 지식인의 예리한 지성과 섬세한 감성이 시대의 모순과 부딪히고 있는 장면들을 확인하게 된다. 이런 부분들을 읽어 내지 못하면 작품을 끝까지 읽어도 헛발질만 한 셈이다.

이 소설이 베르테르라는 한 개인의 사랑 이야기에 국한되지 않는다는 점은 작품 속에서 쉽사리 확인할 수 있다. 여주인을 사랑하다가 쫓겨난 머슴이 자신을 대신해 들어온 머슴을 질투 때문에 살해하는 이야기, 신분이 비천한 사람이 어떤 부유한 여인을 사랑하다가 미치는 이야기도 들어 있다. 또 베르테르가 자살하기 전에 읽고 있던 작품이 레싱의《에밀리아 갈로티》였다는 것도 의미심장하다. 귀족인 프로이센 장교를 사랑했던 평민 여성이 자살하는 이야기니까. 이는 또한 괴테의《파우스트》에서 메피스토펠레스의 마술로 젊어진 귀족 파우스트가 평민

소녀 그레트헨을 유혹하고, 처녀의 몸으로 임신하게 된 그레트헨이 가족과 더불어 파멸하고 마는 것과도 같은 맥락이다. 이러한 주제는 렌츠, 레싱, 쉴러 같은 당대 시민계층 작가들의 관심사였으며, 신분 차별과 봉건 관습으로 인한 인간 사회의 불평등을 고발하는 절실한 문제였다. 절망에 빠진 베르테르의 모습은, 자유와 평등을 갈구하지만 귀족들에게 갑질당하는 지식인 을의 이야기인 셈이다.

신분을 뛰어넘는 남녀 사이의 사랑은 현대인에게는 별것 아니게 보이지만, 괴테 동시대인들에게는 상상하기조차 어려운 일이었다. 그러니까 괴테의《젊은 베르테르의 슬픔》, 플로베르의《마담 보바리》, 보들레르의《악의 꽃》은 이러한 고정관념의 굴레를 돌파해 나간 몸부림의 기록이다. 우리 시대의 상식이 그때는 일종의 광기로 여겨졌던 것이다.

이미 약혼자가 있는 로테에 대한 사랑의 감정을 이기지 못한 베르테르는 그녀의 곁을 떠나 도회지로 가서 고급 관리인 공사(公使) 밑에서 일하지만 그 사람의 좁은 식견과 사무적인 일이 주는 권태로움을 이기지 못하고 다시 사랑하는 로테가 살고 있는 곳으로 돌아왔다가 자살한다. 공사 밑에서 일하던 베르테르는 속물근성으로 가득한 귀족 사회에서 절망과 분노를 느끼던 차에 어느 백작이 베푼 파티에 참석했다가 한 귀족 부인에게 수모를 당하고 만다.

쫓겨난 베르테르는 벌레들에게서 동포애와 친화감을 느낀다. 그러나 인간들에게 버림을 받고 벌레와 공감하는 이러한 자연 친화의 감정은 지독하게 뒤틀린 심사를 나타내는 것으로서 다분히 병적이라고 할 수밖에 없다. 식사가 끝난 뒤에 베르테르가 머뭇거렸던 것에서 알 수 있듯이, 그가 처음부터 귀족 사회를 거부한 것은 아니었다. 다시 말해 베르테르의 문제는 타고난 성격상 사교 모임에 부적합한 선천적인 국외자의 문제가 아니라 소외를 강요하는 사회의 문제인 것이다.

귀족 사회에서 '왕따'를 당한 베르테르는 '가정'이라는 제도로 눈길을 돌린다. 베르테르는 마음속 깊이 가정의 이상과 관습에 이끌리고 있으며, 아이들에게 둘러싸여 사랑과 친절함을 베풀고 있는 로테의 모습에서 더할 수 없는 아름다움을 본다. 그에게 가정은 중산계층의 삶의 중추인 것이고 로테는 그 상징적 존재였다. 상처받은 베르테르는 가정에서 피난처를 찾고자 했지만, 그것마저 거부당하면서 자살을 택하고 만 것이다.

당시 교육을 받은 지식인 청년이 호구지책으로 택할 수 있는 직업은 기껏해야 가정교사나 관청의 서기 정도였다. 당시 기록에 따르면 가정교사는 하녀라든지 시종보다도 나은 신분이 아니었다. 렌츠의 드라마 〈가정교사〉는 그러한 중산층 지식인의 자괴감을 적나라하게 그리고 있다. 가정교사로 들어간 주인공이 그 귀족 집안의 딸과 정을 통한다. 나중에 들통이 나고 문제가 되자 주인공은 스스로를 거세하여 대가를 치르지만, 그 딸은 원래 약혼자와 아무런 일도 없었다는 듯이 결혼한다. 남녀 차별의 문제도 알고 보니 권력과 신분 문제의 하위 범주인 셈이다. 결국 베르테르는 죽음으로써 항의의 메시지를 남기지만, 끝내 인간다운 대접을 받지 못한다. 그의 매장 행렬에 인부들만 따라갈 뿐 어떤 성직자도 동행하지 않는다.

이 작품은 거기에 내포된 당시 계급제도와 인습에 대한 저항의 메시지 때문에 보수적인 이탈리아에서는 출판이 미뤄졌고, 독일 작센에서는 판매 금지령이 내려지기도 했다. 그 목소리가 퍼져 나가는 것을 앙시앵 레짐이 그대로 두고 볼 리는 없었다. 우리가 연애소설로, 감상소설로 이해하고 있던 이 소설은 알고 보니 뜨거운 감자였던 것이다.

베르테르의 슬픔은 사랑의 좌절 때문이었다. 그러나 그 좌절의 결정적인 원인은 신분 차별과 불평등을 용인하는 불평등 사회라는 공공연한 비밀을, 당대 최고의 지성과 감성을 갖춘 대작가가 베르테르라는 인물을 통해 생생하게 형상화하고 있는 작품이 《젊은 베르테르의 슬픔》이다. 당대 독자들의 열렬한 호응은 괴테의 시대 진단에 대한 전폭적인 공감을 말해 준다.

—

아이들에게도 소외와 분열은 일상이 되었다. 인문계와 실업계로 갈리고, 인문계 안에서는 다시 대학에 가는 아이들과 못 가는 아이들로 갈리고, 또 대학에 가는 아이들 중에서도 좋은 대학에 가는 아이들과 그렇지 못한 아이들로 갈린다. 풀뿌리 민중의 연대와 상호부조의 원리는 한쪽 구석으로 처박히고, 약육강식과 적자생존의 논리만 무성하다. 경쟁에서 처진 아이들의 고독은 누구도 대신해 줄 수 없다.

'비교'하고 '불안'해하고 '반복'하고 '경쟁'하고 '포기'하며 사는 것이 우리 아이들의 일상이다. 이런데도 우리 사회의 '연대'가 허물어지지 않으리라고 기대하기는 어렵다. 영혼 없는 사회에서 교육은 허공을 떠돈다. 이 아이들을 어쩌면 좋은가.

아직까지 나의 인생은 단 하루뿐이었다.

매일 똑같은 나날이었으니까.

– 한 여고생이 쓴 〈인생은 하루뿐〉에서(〈녹색평론〉 84호)

파우스트 박사의 편력 이야기

괴테, 《파우스트》

내가 번역한 책을 홍보할 때 가끔 써먹는 수법. "내가 서면 책방에 들렀다가 《파우스트》 번역본이 보이길래 선 채로 주욱 읽어 봤더니 너무 실감나게 이해가 잘되데요. 아니 이렇게 섬세하고 박진감 넘칠 수가. 그래서 와– 이거 누가 번역했지 하고 번역자를 봤더니 장희창이더라고요." 푸하하. 웃음의 도가니. 일부는 피씩. "《파우스트》 읽어 보이소. 인간의 욕망이란 게 얼마나 무시무시하고 끈질긴 것인가를 괴테가 평생을 추적하며 피와 땀으로 갈고닦고 또 갈고닦은 대작이니까요. 나는 내 이웃을 《파우스트》를 만나 본 인생과 못 만나 본 인생으로 나눕니데이." 노골적인 선전. 반은 농담, 반은 진담이다.

《파우스트》를 펼치면 주님과 악마 메피스토펠레스가 인간이란 존재에게 구원의 가능성이 있는가를 놓고 설왕설래한다. 냉소주의자이자 허무주의자인 메피스토펠레스가 보기에 인간이란 존재는 얼핏 이성이 있는 것처럼 보이지만, 결국엔 자기 욕망을 벗어나지 못해 허둥대다가 지옥으로 떨어지고 말 존재에 불과하다. 하지만 괴테를 대변하는 주님은 인간의 구원 가능성을 열어 놓고 본다. "착한 인간은 어두운 욕망 한가운데서도 올바른 길을 알고 있다"는 것이다.

주님과 내기를 한 메피스토펠레스는 부활절 날 산보하는 파우스트를 삽살개의 모습을 하고 따라갔다가 악마인 자신의 정체를 드러내고는 계약을 맺는다. 살아 있는 동안엔 파우스트에게 온갖 서비스를 제공하겠지만, 죽어서는 파우스트의 영혼을 가져가겠다는 조건으로. 골방에 처박혀 책만 보던 파우스트로서도 드넓은 세상을 편력할 수 있는 기회를 얻은 셈이다.

일단 메피스토펠레스는 세상을 돌아다니기에 너무 늙어 버린 파우스트를 젊게 만들어 준다. '마녀의 부엌' 장면에서 별의별 요란한 과정을 거쳐 조제한 회춘 약을 먹고 파우스트는 30년 젊어진다. 책상물림의 서생이었던 파우스트는 젊어지자마자 여성을 밝힌다. 괴테는 파우스트를 우선 관능의 영역에 빠뜨려 놓고 '인간에게 관능은 무엇인가?'라는 화두를 이리저리 타진하는 것이다.

오늘의 관점에서 보면 마녀의 부엌은 비아그라 제조 공장이고, 마녀는 공장장, 메피스토펠레스는 자본가에 해당한다. 어쨌거나 메피스토펠레스는 돈이 많다. 파우스트의 평생에 걸친 편력을 뒷바라지했으니, 메피스토펠레스 마술의 본질은 결국 돈인 셈이다. 그 돈으로 성형수술도 시키고, 회춘제를 먹여 파우스트를 강남의 다운타운으로 진출시킨 거다.

곰팡내 나는 연구실을 박차고 나온 귀족 신분의 파우스트는 메피스토펠레스의 주선으로 순진한 평민 처녀인 그레트헨을 만나 연애를 하게 되고, 그 결과는 그레트헨 가족의 몰살이라는 참혹한 비극이다. 《파우스트》 제1부를 '그레트헨 비극'이라고 하는 것은 그 때문이다.

파우스트와 그레트헨이 몰래 만나기 위해 어머니를 잠깐 재운다는 게 수면제를 너무 많이 먹여 그레트헨의 어머니가 죽는다. 그레트헨의 혼전 임신에 격분한 오빠는 파우스트와 대결하다 칼에 찔려 죽는다. 파우스트와 그레트헨 두 사람의 사랑의 결실인 아이는 그레트헨이 물에 빠뜨려 익사시킨다. 그리고 그레트헨 자신은 감옥에 갇힌다.

그러나 두 남자, 파우스트와 메피스토펠레스는 그런 사실을 아는지 모르는지, 또다시 마녀들이 광란의 잔치를 벌인다는 '발푸르기스의 밤'에 브로켄 산으로 향한다. 무책임한 수컷들!

나는 그 브로켄 산을 여러 번 올랐다. 괴테가 돌아다녔던 현장 분위기를 느껴 본다는 기분으로 다섯 차례에 걸쳐 고도 천 미터가 넘는 그 산을 터덜터덜 걸어서 올랐던 거다.

독일 민속설화의 집결지인 브로켄 산 정상을 향해 오르는 파우스트와 메피스토펠레스. 이 둘의 행보를 서술하는 장면들은 굉장히 모호하다. 그들은 정말 등산을 하고 있는 걸까? 아니다. 등산이 아니라, 자세히 들여다보면 십여 쪽에 걸쳐 남녀상열지사가 적나라하게 묘사되어 있다. 원래는 더 노골적이었는데, 괴테가 차마 발표를 못 하고 숨겨 놓았고, 그걸 또 부지런한 양반들이 기어이 찾아내 발간한 거다! 그 판본이 독일에서 발간된 것은 비교적 최근의 일이다. 잔인할 정도로 냉철한 묘사의 연속. 관능이란 얼마나 무서운 힘인가를 그야말로 젖 먹던 힘을 다해 묘사하고 있다. 파우스트 박사를 그 늪에 빠뜨려 놓고 허우적거리는 꼴을 괴테는 냉철하게 주시한다.

메피스토펠레스는 주님과 내기에서 장담했던 대로 파우스트의 정신을 꺼꾸러뜨리기 위해 관능의 세계를 첫 번째 시험 무대로 택했던 것이다. 메피스토펠레스는 자신만만하다. 네놈이 절세미녀 앞에서 꺼꾸러지지 않고 배기겠느냐.

그나저나 파우스트와 그레트헨은 서로 사랑했는데, 왜 그레트헨만 참혹한 희생을 당한 걸까? 당대 사회는 남녀가 같이 져야 할 책임을 왜 여성에게만 지웠던 걸까? 혼전 임신으로 인한 영아 살해범 이야기는 그레트헨 비극이 당시에 흔하면서도 처참한 이야기였음을 말하는 것이다.

그레트헨이라는 이름은 마르가레테의 약칭이고, 이 두 이름은《파우스트》1부에서 번갈아 나온다. 괴테가 마르가레테라는 이름을 쓰게 된 계기는 당시 영아 살해범이라는 죄목으로 참수형을 당한 여성의 이름이 주잔나 마르가레타 브란트였다는 것과 연관이 있다. 1771년 프랑크푸르트의 카타리나 탑 감옥에 갇혔다가 재판을 받고 1772년, 스물네 살의 나이로 참수형을 당한 이 여성의 죄목은 "명예롭지 못한 아이를 낳고, 자신의 혈육을 죽인" 죄였다. 당시 심문조서에는 혼전 임신을 한 여성이 사람들의 비난과 모욕에서 벗어나려 했던 심정이 세세하게 표현되어 있다. 십여 년 전. 이 문서를 바이마르에 있는 안나 아말리아 도서관에서 처음 보고 얼마나 반가웠던지!

1771년 1월 9일 기절했다 깨어난 범인을 향해 형 집행을 "행복하게 단번에" 받아들이겠느냐고 물었던 사람은 시장과 괴테의 외숙부였다. 이 외에도 괴테의 친인척 여러 명, 잘 알고 지내던 의사와 변호사들도 이 재판에 직·간접적으로 참여했다. 그러니 당시 프랑크푸르트에 살고 있던 괴테가 재판의 내용을 세세하게 알고 있었던 것은 당연하다. 어쨌거나《파우스트》의 초기 구상은 이 사건에서 영향을 받았던 것으로 보인다.

영아 살해범은 가장 약한 형벌이 십자가에 못 박는 것이었고, 말뚝으로 관통시키는 형벌도 있었다고 한다. 아이코 무서워! 군소리 없이 처형하는 것도 아니고 행복하게 죽을 수 있느냐고 물어보는가 하면, 형리뿐 아니라 법관, 변호사, 목사 들이 사형수와 함께 식사를 하는 과정을 거치는 따위 권력의 철저한 자기 합리화 과정을 거친다.

'발푸르기스의 밤'에 펼쳐지는 우회적이면서도 치밀한 성 묘사는 단순한 환락경의 묘사가 아니라 남성 위주의 돈과 권력과 성이 지배하는 사회가 그레트헨 비극의 배경임을 말해 준다. 무엇보다도 당대의 지배 권력은 영아 살해의 원인을 여성에게만 전가하고 있다. 암컷으로서 여성, 수컷으로서 남성, 그 둘의 사랑이 사회 권력에 의해 처참하게 왜곡되는 것이다.

그레트헨 비극의 소재는 당대에 심각한 사회문제였고, 또한 자연의 성(sex)과 정치, 경제, 문화적인 성(gender)의 대립이라는 현대적인 명제다. 남성과 여성이 자연 속에서 평등하게 태어났다는 것은 너무도 당연한데, 왜 그레트헨만 처참한 희생을 치르는가?

관능의 향연도, 파노라마처럼 펼쳐진 성애의 환락경도 그레트헨이 처한 처참한 비극의 한가운데서 벌어지고 있다는 사실을 잊지 않는 것이 중요하다. 그레트헨 비극의 출발점이었던 관능의 본질을 극명하게 보여 줌으로써, 괴테는 인간의 힘으로는 통제할 수 없는 자연의 영역을 가리키고 있고, 그 자연 안에서 남녀는 동등하다는 메시지를 던지고 있는 것이다. 그럼에도 불구하고 사회에서 후천적 차별로 인해 일방적으로 희생당하는 현실을 보여 준 것이다.

그러므로 그레트헨 비극이 있고 난 후 파우스트의 편력은 그 사건과 결코 분리될 수 없고, 끊임없이 거기로 돌아갈 수밖에 없다. 그것이 안과 밖, 과거와 현재가 분리되지 않고 서로를 비추어 주는 온전한 '역사의식'일 것이다.

쉽게 말해 그레트헨이 없었다면 파우스트의 존재도 없다. 그러므로 희생자를 보듬어 안는다는 교만이 아니라, 희생자에게 우리 존재의 의미를 의탁해야 한다. 이것이 그레트헨을 통한 파우스트의 구원이며,《파우스트》의 마지막 구절인 "영원한 여성성, 그것이 우리를 이끌어 간다"의 의미일 것이다.

주절주절 할 얘기는 많은데 이만. 여기까지가《파우스트》1부 대강의 이야기다. 2부는 더 광대한 차원에서 인간의 욕망이란 무엇인가를 탐사하는 얘기다. 한마디만 더. 흔히들 괴테를 전형적인 부르주아 작가라고 비판하지만 괴테는 마르크스가 가장 좋아했던 작가였다.

누가 진짜 벌레인가

카프카, 〈법 앞에서〉《변신》〈선고〉

어제 오전. 동네 이디야 한쪽 구석에 쪼그리고 앉아 카프카의 책을 들추어 보았다. 다시 읽으면 또 달리 보인다. 나도 세상도 변하니까. 《젊은 베르테르의 슬픔》과 《파우스트》가 보여 주는 인간 소외의 현장이 가시적이라면 한 세기 반 이후 카프카가 체험하는 사회의 소외 현장은 더더욱 짙은 안개에 가려져 있다. 카프카는 겹겹으로 얽힌 소외 현장을 여기저기 누비며 마구 휘젓는다. 소시민들의 뇌수 속에서 꿈틀거리는 생존 욕망을 자본주의 체제와 관료제의 억압 구조 속에 던져 넣고 그 작용과 반작용의 미세한 움직임을 포착하는 솜씨는 그저 혀를 내두르게 한다.

카프카의 단편 〈법 앞에서〉는 논 팔고 소 팔아 상경한 시골사람이 '법' 안으로 들어가려고 하지만 끝내 들어가지 못하는 이야기다. 돈 보따리를 싸 들고 와 문 안으로 들어가려 하지만 문지기가 이 핑계 저 핑계로 막아선다. 아직은 때가 아니오. 그 하염없는 기다림과 미련을 카프카는 유머러스하게 묘사한다. 시골사람은 평생을 문지기와 아옹다옹 지내지만 끝내 그 문 안으로는 들어가지 못한다.

인생 종칠 날이 다가오자 시골사람이 문지기에게 묻는다. 자기가 그토록 들어가고 싶었던 이 문으로 왜 아무도 찾아오지 않느냐고. 문지기의 대답은 벼락처럼 내리친다. 그건 너만을 위한 문이야. 뭐라고? 그런데도 들어가지 않고 있었으니 우리는 우리 자신에게 이방인이라는 말인가? 니체의 말대로 모든 사람은 자기 자신에게서 가장 먼 존재란 말인가. 아니. 사랑이 없다면 모든 사람은 모든 사람에게 낯선 타자일 뿐이다.

시골사람이 들어가려 했지만 안으로 들어가지 못한 그 '법'이 대체 뭐기에? 어떤 이는 그것을 진리 또는 사랑이라 하고, 어떤 이는 율법이라 하고, 또 어떤 이는 신의 세계 또는 초자아의 세계라고도 한다. 무슨 해석들이 그렇게 다양한지. 그 법에 이르는 길은 사람마다 모두 다르다. 그러니 시골사람이 선택해야 하는 법으로의 길은 오직 그에게만 열려 있는 문이다. 이게 도대체 무슨 소린가? 나는 이렇게 본다. 개인은 자본의 촘촘한 그물망에 단 1센티미터도 변화를 줄 수가 없다. 버둥거린다. 옆 사람 사정을 알 여유도 없다. 자기 코가 석자니까.

부조리를 꿰뚫어 보는 카프카의 시선은 너무도 선명해서 오히려 오리무중이다. 은총의 순간은 아스라이 멀리서 가물거린다. 한 쪽 반에 불과한 짧은 작품이지만 부조리의 현장과 울림은 가슴 깊이 스며든다.

또 다른 작품《변신》은 접근이 보다 쉬운 듯하다. 어느 날 아침 깨어 보니 출장 영업사원 그레고르는 자신이 한 마리 갑충으로 변해 있는 걸 발견한다. 이게 꿈인가 현실인가. 인간이 하룻밤 새 벌레 안에 갇힌 것이다. 그러나 의식은 멀쩡하게 살아 있다. 감각도 살아 있고 행동도 차분하다. 인간의 모습을 한 가족이 오히려 더 허둥댄다. 말하자면 '변신'은 갑자기 벌레 속에 갇힌 그레고르의 의식은 멀쩡하게 유지되는 되는 반면에, 가족의 무의식 속에 잠재해 있던 벌레의 정체를 서서히 드러나게 하는 절묘한 문학적 장치다.

카프카가 보기에 자본주의 체제의 폭력에 맹목적으로 추종하는 가족이 오히려 무의식 속에서 허둥대는 벌레인 거다. 모습만 벌레로 변한 그레고르, 모습은 인간이지만 돈 냄새로 가득한 무의식의 바다에서 허우적거리는 가족. 말하자면 자본주의 시스템의 형태 없는 실체는 가족들, 다시 말해 소시민들의 골수에 깊이 뿌리박고 있는 것이다. 그렇다면 그레고르와 가족 중 누가 더 깨어 있단 말인가. 누가 벌레고 누가 인간이란 말인가. 체제 밖으로 튕겨 나온 자의 시선과 체제를 맹종하는 시선의 격렬한 충돌 현장. 그 접경지대에서 불꽃이 튄다.

체제 밖으로 내던져진 이방인을 보는 소시민들의 경악하고 허둥대는 장면들을 카프카는 능청스럽게 묘사한다. 그레고르가 출근하지 않자 지배인이 찾아온다. 그레고르는 평소에도 해고 위협에 시달리고 있었다. 여자를 좋아하고 에나멜가죽 장화를 신은 지배인의 모습을 더할 수 없이 세밀하게 침착하게 묘사한다. 벌레로 변한 부하 직원을 보고 대경실색하며 달아나는 지배인의 모습은 또 얼마나 우스꽝스러운지. 하도 호들갑스럽게 도망가니까 그레고르가 오히려 빈정댄다. 너도 회사의 하수인에 불과한 거야. 언제 교체될지 몰라.

이야기는 대체로 비극이지만 문체는 경쾌하다. 수렁 같은 짙은 슬픔이 있더라도 가벼운 발을 가진 자는 진창 위를 사뿐히 달린다. 카프카의 경쾌하면서도 조롱하는 시선이 비극을 유쾌하게 건너가는 힘이다. 카프카의 이런 희비극적 문체는 무성영화 시대에 풍자로 독재자에게 대항했던 찰리 채플린을 떠올리게 한다.

그레고르가 돈을 벌어다 주었기에 모두들 행복했다. 하지만 차츰 익숙해져서 가족은 그를 돈 벌어 오는 존재로만 여길 뿐 따뜻한 교감은 없었다. 돈은 인간의 영혼을 차츰차츰 먹어 들어간다. 가족들은 이제 그레고르의 빈자리를 메꾸기 위해 각자 일자리를 찾아간다. 아버지는 은행 직원들에게 아침밥을 날라다 주고, 어머니는 사람들의 속옷을 바느질하고, 여동생은 점원으로 일한다.

> 세상이 가난한 사람들에게 요구하는 바를 그들은 최대한 이행하고 있었다.

카프카의 눈은 참으로 냉철하다. 처연한 심경으로 가난한 이들의 고통을 투시한다. 카프카는 노동자상해 보험회사에 근무하면서 노동자 권익을 위해 노력했고, 공무 출장을 다니면서 자본주의의 내면을 속속들이 꿰뚫어 보고 있었던 것이다. 벌레가 된 그레고르가 드디어 임종을 맞이하자, 가족들은 언제 그런 일 있었냐는 듯이 밝은 햇살 아래 봄나들이 소풍을 간다.

그러니까 가족조차도 언제든 대체 가능한 부속품 같은 존재로 전락시키는 자본주의 체제의 폭력을 내면화한, 모습은 인간이나 실제로는 벌레와 다를 바 없는 인간 군상을 카프카는 처연한 심경으로 바라본다. 좀 요란스럽게 말하자면, 자본 권력의 작동 장치가 거의 DNA 수준으로 인간 무의식 속에 스며든 거다. 자연과의 일체가 아니라 돈과의 혼연일체. 인간이라는 자연의 근본 텍스트에 주목하라고 니체가 거듭 말하는 것은 그 때문이다. 자본주의 체제의 폭력 아래서 인간은 어떻게 살아야 하는가? 카프카는 그런 무거운 화두를 툭 던져 놓은 거다.

들뢰즈의 카프카 해석에 따르면, 《변신》에서 한때나마 단란했던 가정의 문을 마구 두드리는 것은 결근한 직원을 찾아온 지배인이라기보다는 제국주의의 미친 듯한 발길질이다. 제국주의의 폭력이 인간의 의식 저 아래 무의식의 세계를 송두리째 잠식하고 있다는 소리다. 카프카 문학은 그러니까 그 무의식의 어두운 바다를 비추는 탐조등과도 같다. 이성으로는 접근 불가능한 영역, 좌충우돌하는 인간의 맹목적 충동들에 대한 묘사의 연속이다. 의식과 무의식의 세계를 자유자재로 횡단하는 카프카. 무의식의 세계를 본격적으로 열어젖힌 니체에게 커다란 영향을 받았음은 물론이다.

니체는 당대의 사회문제를 거의 언급하지 않았지만, 민족주의나 제국주의, 군국주의에 대해서는 대단히 비판적이었다. 니체가 유럽에 대해 품었던 희망은 독일 제국에 대한 절망과 깊이 관련되어 있었다. 그는 빌헬름 황제와 비스마르크의 기적이 20세기 유럽에 지옥을 불러올 것을 두려워했다. 카프카 문학은 그 불안의 징후를 명료하게 포착했던 것이다.

좀 더 쉽게 말하자면《변신》은 벌레로의 변신, 즉 실직이라는 화두를 툭 던져 놓고 그 파장을 끈질기게 추적한다. 자본주의 체제에서 가족이란 도대체 무엇인가. 이데올로기의 덧칠 없이 20세기 초반 현대인의 고통을 처절하게 보여 준 카프카. 갑충으로 변한 그레고르의 전달되지 않는 목소리는, 억눌린 자 갇힌 자들의 웅얼거림이다. 카프카는 희망을 말하지 않고 출구를 말할 뿐이다.

카프카가 약혼자 펠리체 바우어에게 바친 단편 〈선고〉도 같은 맥락이다. 자본의 대리자인 아버지가 '사랑' 어쩌고저쩌고 하며 약혼하겠다는 순진해 빠진 아들더러 나가 죽어라!고 선고해 버린다. 사랑 타령하는 아들보다, 현재 실적은 형편없어도 업무에 충실한 직원을 더 신뢰하는 아버지. 아버지 맞나?

아버지는 사랑에 눈뜬 아들을 빈정댄다. "몇 년 전부터 나는 네가 이런 문제를 들고 오지 않나 지켜보고 있었지. …… 네가 이렇게 철들기까지 무척 오래 기다렸어. 네 엄마는 세상을 떠날 수밖에 없었구나. 이런 기쁜 날을 보지도 못하고."

'자기'라는 이기적인 중심을 놓아 버리면 자본주의는 성립할 수 없고, 사랑은 자기를 버리는 것이므로 아버지로서 아들에게 사형선고를 내리는 건 당연한 귀결. 돈이 사랑에게 빠져 죽으라고 선고한 거다. 《변신》에서 아버지가 아들에게 사과를 던져 상처를 입히는 것과 같은 맥락이다.

카프카가 약혼자 펠리체 바우어와 두 번 약혼했다가 두 번 다 파혼한 것도 이런 맥락으로 이해할 수 있을 것이다. 사랑은 자기소멸이며 자본주의 체제를 거부하는 것이다. 타자를 받아들인다는 건 눈먼 자본의 전사 자격을 잃는 것이기에 카프카에게 약혼은 이처럼 무거운 의미였던 거다.

학생들에게 발표를 시키면 《변신》이 특히 인기를 끈다. 돈이며 가족이며 할 말이 엄청 많다. 그만큼 그레고르의 고독에 공감하기 때문일 것이다. 취업이라는 지옥 전선에서 우왕좌왕하고 있는 이 시대의 청년들, 그 위로 그레고르의 고독한 모습이 겹친다.

촛불 혁명의 여파가 이들에게 작으나마 구체적인 형태로 주어지지 않는다면 혁명이든 변혁이든 무슨 소용이겠는가. 나는 학생들 졸업식에 참석 잘 안 한다. 졸업은 곧 실업이기 때문이다. 코앞에 닥친 실업의 공포에도 내색 않고 밝은 얼굴로 다니는 청춘들은 대단하다. 청춘들아, 건투를 빈다.

—

안갠지 황산지 흐릿하고 비도 추적추적. 고등학교 앞을 지나는데 웬 청년이 물티슈 두 개를 건넨다. 알바하는 모양이다. 눈빛이 선량하네. 재수학원 선전 문구가 뚜렷하다. 여덟 시가 등교 시간이니 거기 맞춰 미리 나와 있는 거겠지. 아직 행인은 거의 없다. 연구도 안 하는 이름만 연구실. 사무실이 맞을 테지. 이 물티슈로 오랜만에 바닥이나 듬성듬성 닦아야겠다.

—

어제저녁. 안경다리가 툭 떨어져 동네 안경점으로. 나는 안경알은 그대로 살리고 싼 테를 구하려고 학생용이라고 써 놓은 전시대를 기웃거리는데 주인장은 고급 안경테 쪽을 기웃기웃하시네. 누가 누가 빨리 찾을까–요. 내가 뿔테를 먼저 찾아 이걸로 해 봅시다 했더니 주인장 왈. 초점도 잘 안 맞을 거 같고 알도 더 깎아 내야 한다며 쪼금 못마땅한 표정으로 비싼 테를 계속 찾으시네. 결국 못 찾고, 아니 찾아 준 안경테는 내 마음에 안 들어, 내가 찾은 뿔테로 낙점. 원래 안경알을 끼워 맞추는 작업이 두어 시간 걸린다더니 꼴랑 5분밖에 안 걸리네. 뿔테값 1만 5천 냥. 주인장은 씁쓸했을 테지. 나하고도 아는 지 십 년은 된 분인데. 이게 뭐꼬. 가는 데마다 돈돈돈, 돈타령이고 돈하고 박치기네. 주인장 탓하는 건 절대 아님. 나보다 동작이 쫌 느렸을 뿐이지.

©화덕헌

빵 한 조각과 청춘

체호프, 〈어느 관리의 죽음〉〈베로치카〉

권력이 있는데도 갑질하지 않기란 참 힘들다. 마찬가지로 이래저래 입지가 불리하면서도 눈치 안 보기는 더더욱 어렵다. 평소에 인사를 잘 하던 어떤 과의 조교 선생이 요즘 들어 빤하게 쳐다보며 인사를 안 하기에 나도 모르게 갑질한 적 있었던가 하는 생각이 스쳤다.

러시아 단편소설의 대가인 안톤 체호프의 〈어느 관리의 죽음〉은 권력 앞의 극심한 눈치 보기를 익살맞게 실감나게 보여준다. 하급 회계원이 오페라 공연을 보다가 재채기를 한다. 앞줄에 앉았던 노인이 자신의 대머리와 목을 장갑으로 닦으며 뭐라고 투덜거린다. 맙소사, 그 노인은 회계원이 근무하는 운수성의 장군이 아닌가. 회계원이 몸을 숙이고 장군의 귀에다 대고 각하, 본의가 아니었습니다, 용서하십시오, 한다. 장군이 괜찮다고 말했지만 회계원은 계속해서 무례를 용서해 달라고 빈다.

오페라를 볼 때의 행복감은 이제 불안감으로 확 바뀌었다. 휴식 시간에 장군에게 다가간 회계원이 또 용서를 빌자 장군은 벌써 잊어버렸다고 대꾸한다. 그러나 회계원은 장군의 눈에 원한이 서려 있다고 느낀다. 집으로 돌아와 아내에게 있었던 일을 이야기하자, 아내는 그 장군이 같은 부서는 아니어서 다행이지만 그래도 모르니 댁으로 찾아가서 용서를 빌라고 한다.

장군 댁으로 가니까 청원자들이 줄을 서 있다. 차례가 되어 어제의 재채기 사건을 용서해 달라고 또 말하자 장군은 쓸데없는 이야기 말라며 다음 청원자에게로 고개를 돌린다. 그것을 회계원은 '말도 하기 싫다, 이거군'이라고 해석한다.

청원자들이 다 나간 후 다시 다가가 본의 아니게 재채기를 했다고 말하자 장군은 울상을 하며 '나를 놀리는 거요 뭐요' 한다. 집으로 돌아온 회계원은 놀린다는 말이 걸려 다음 날 다시 찾아가 놀리려는 뜻은 전혀 없었고 그저 존경심밖에 없다고 말한다.

뭐 이런 찰거머리가 다 있나. 파랗게 질린 장군은 부들부들 떨며 꺼져!라고 소리친다. 그 순간 회계원의 배 속에서 무언가가 터져 버린다. 머리가 아니라 왜 배 속이 터졌다고 말한 걸까. 머리의 저 깊은 뿌리는 소화기관인 배 속에 있다는 말일까.

아무것도 보이지 않고 아무것도 들리지 않았다. 기계적으로 걸음을 옮기며 집으로 돌아온 회계원은 관복을 벗지도 않은 채 누웠다. 그리고…… 죽었다.

얼핏 보면 익살의 연속 같지만 그 뒤엔 깊은 우수가 드리워 있다. 계급, 신분사회에서 을들의 눈치 보기를 이보다 더 생생하게 그릴 순 없다. 완장을 차고 있으면 자기도 모르게 갑질하기 마련이다. 을도 민감해지기 마련이다. 정말이지 눈치 보기 없는 세상에 살고 싶다. 눈치, 주기도 싫고 받기도 싫다. 갑질 당하는 수많은 청년 을들을 생각하면 심란하다. 을들이 수세에 몰려 있는 건 물론 을의 심약함이라기보다는 을에게 주어진 당당한 일자리가 없다는 객관적 조건 때문일 것이다.

가난 때문에 여러 단편들을 투고했던 안톤 체호프의 작품들에는 이렇듯 까불까불 익살 뒤에 아마득한 우수가 배어 있다.

〈베로치카〉라는 단편. 하숙집 딸이 자기 집에 머물렀던 청년을 사모하게 된다. 공무를 마치고 마을을 떠나게 된 청년을 하숙집 딸이 데려다준다. 쑥맥인 청년이 안개가 멋있다는 둥 엉뚱한 소리만 해 대자 하숙집 딸이 한마디 툭 던진다.

저희 집에 뭐 잊고 가시는 물건 없어요?

사모하는 마음은 깊지만 그래도 품위를 지키려는 애타는 몸부림이다.

청년은 그래도 사태를 알아차리지 못한다. 멍 때리는 청년을 묘사하던 체호프조차도 분통이 터진 걸까. 청년을 두고 작가가 직접 나서서 비난한다. 단지 영혼의 무기력이고, 아름다움을 알아보지 못하는 무능력이며, 빵 한 조각을 얻기 위한 지저분한 다툼과 독신의 하숙 생활 그리고 교육이라는 미명 아래 얻어진 조로증이라고 맹공을 퍼붓는다.

며칠 전 읽었던 단편들 중에서 딴 건 망각 속으로 다 가라앉아 버리고 저 구절만 문득 떠올랐다. "저희 집에 혹시 잊고 가시는 물건 없어요?" 그 물건이 뭘까? 뭘 잊었을까.

무지는 천하무적

브레히트, <이단자의 외투>

지난주 층간소음 때문에 시달리다 엘리베이터 안에 '살려주세요' 하는 취지의 애절한 호소문을 같다 붙이곤 효과 봤다고 동네방네 자랑한 적 있다. 그런데 그저께부터 또 윙윙거리는 요란한 소리가 들려와 허겁지겁 위층 아래층 노크하고 다녔으나 수색에 실패. 이제 이사 가는 수밖에 없다, 포기하는 심정으로 이쪽 귀 저쪽 귀 번갈아 손가락으로 쑤셔 막는 등 난리박달. 그러다가 소리가 내 귀 안에서 들려온다는 걸 알아차렸다. 이런! 우라질! 범인은 내 귀 안에. 이명 현상인 것 같다. 사실을 알고 확인하고 나니 거짓말처럼 소리는 가라앉고 마음도 차분해졌다. 오두방정! 어쨌거나 이사 안 가도 돼 다행이다. 아집은 무섭다. 남 탓 안 하기 힘들다. 자기를 가장 크게 속이는 자는 바로 자기다.

또 다른 버전의 무지와 이해 이야기. 내가 보기엔 아예 먹통인 사람. 평소에는 그냥 지나치면 되지만 코앞에서 마주칠 땐 어찌해야 하나. 브레히트의 단편 중에 〈이단자의 외투〉라는 작품이 있다. 중세 말기 또는 르네상스 때 자연철학에 눈뜬 범신론자이자 혁명가, 천재 과학자이자 철학자였던 조르다노 브루노를 소재로 한 작품이다. 그는 사제직을 내던지고 프랑스, 영국, 독일 등지를 돌아다니며 이단적 교설을 설파하다 고향인 이탈리아로 돌아온다. 그러나 한때 후원자였던 귀족한테 고발당해 감옥에 투옥되어 화형을 당한다. 여기까지는 역사적 사실이다.

브레히트의 익살은 브루노가 감옥에 갇히고 나서부터 시작된다. 브루노는 투옥되기 전 한 재봉사에게 외투를 외상으로 맞추었는데, 투옥된 뒤 재봉사의 아내는 외상값을 받기 위해 부리나케 교황청을 들락거린다. 아닌 밤중에 날벼락을 맞은 게 아닌가. 그 비싼 외투값을 못 받다니. 엉엉. 망했다 망했어.

브루노가 무슨 연유로 감옥에 갇혔는지는 상상조차 못 한다. 무지와 이해, 그 사이의 무한한 간격은 있는 듯 없는 듯 독자의 마음을 아프게도 슬프게도 우습게도 만든다. 생사를 넘나드는 고문을 받으면서도 브루노는 돈을 받기 위해 눈물겹게 분투하는 재봉사의 아내를 위해 탄원했고 화형 직전에 가까스로 외투를 별 탈 없이 도로 돌려줄 수 있었다는 얘기. 무지는 천하무적인 거다. 익살이나 떨어야지. 껄껄! 브레히트는 그런 심경이었을 것이다.

브레히트는 히틀러가 정권을 장악하기 십여 년 전, 그러니까 1923년 히틀러의 뮌헨 반란 미수 때부터 일찌감치 나치스의 블랙리스트에 올라 있었다. 그의 시가 대단히 비애국적이라는 이유 때문이었다. 그렇다면 히틀러는 엄청 애국자?

브레히트는 이처럼 사회의 부조리를 고발하는 전형적인 참여 작가지만 아름다운 서정시들도 많이 남겼다. 영화 〈타인의 삶〉에서 반체제 성향의 극작가 드라이만을 감시하던 비밀경찰 요원은 차츰 동독 사회의 위선과 예술가들의 고통을 이해하게 된다. 이 요원은 드라이만이 없을 때 그의 방에 몰래 들어가 당시 금서였던 브레히트의 시집을 훔쳐가 자기 방에 드러누워 낭송하기도 한다. 오늘 이 책 저 책 뒤적이다 우연히 그 시를 다시 만났다.

브레히트가 스물두 살에 쓴 〈마리 A.에 대한 기억〉이라는 시. 브레히트는 열여덟 살 때 고향에서 여고생 마리 로제 아만을 사귄 적이 있었는데, 그 여자 친구를 회상하며 쓴 시다. 청년 브레히트는 이런 유의 가사에 직접 곡을 붙여 친구들과 아우구스

부르크의 축제 무대에서 또 베를린의 카페에서 불렀다고 한다. 기존에 번역된 걸 원문과 대조하며 다시 번역했다.

푸르른 9월 어느 날
말없이 어린 자두나무 아래서
나는 그녀를, 그 고요하고 창백한 사랑을
부드러운 꿈인 양 품에 안았지.
우리 머리 위 아름다운 여름 하늘엔
구름 한 점 떠 있었네. 그 구름을 나는 오래오래 쳐다보았네.
아주 하얗고 높디높은 곳에 있던 구름.
내가 다시 올려다보았을 땐 사라지고 없었네.

시가 괜찮지요? 우리의 동독 슈타지 요원은 이 시를 포함해 브레히트의 시집을 읽은 후부터 동독 체제를 거부하고 본격적으로 드라이만을 돕는다. 체제의 맹목적인 수호자에서 타인의 영혼을 이해하는 따뜻한 인간으로 변모해 가는 것이다.

동독은 사라졌으나 브레히트의 시는 살아남았다. 거대한 국가 체제와 아름다운 시 한 편, 어느 쪽이 더 세노?

—

유혹당하지 말게!

삶은 반복되지 않아.

대낮이 문간에 있는 듯하더니

어느새 밤바람 소리 들려오지 않는가.

더 이상 아침은 오지 않아.

기만당하지 말게!
삶이 하찮다는 말에.
마음껏 삶을 들이키게!
삶을 떠나야 할 때면
누구에게도 만족 같은 건 없으니까.

가짜 위안도 받지 말게!
시간이 별로 없다니깐!
구원받았다는 자는 곰팡내나 풍기게 하게!
삶은 지금이 가장 위대한 것.
준비된 그 어떤 건 결코 없어.

유혹당하지 말게!
고된 노동과 착취를 견디라는 말에!
무엇이 그대를 불안으로 몰아대는가?
그대도 모든 동물처럼 죽을 텐데.
그다음엔 아무것도 오지 않아.
– 브레히트, 〈유혹당하지 말게〉

쥬디스 쪽으로

나는 반항한다, 고로 우리는 존재한다

—

"우리는 민족중흥의 역사적 사명을 띠고 이 땅에 태어났다."

도대체 이해되지 않았다. 애들한테 왜 이리 부담을 주는 거야. 중학생 때 담임선생님이 외워 오랬는데 옳게 못 외워 핀잔받은 기억도 난다.

이제야 조금은 알겠다.

"우리는 어쩌다가 이 세상에 태어난 것이다."

그러니 사이좋게 살지 뭐.

앞에 문장처럼 생각하면 권력 지향적 위선적 변태가 될 가능성이 높고 뒤에처럼 생각하면 자유로운 영혼의, 공화국 시민이 될 가능성이 높다.

©화덕헌

아! 사람다운 사람

소로, 《시민 불복종》

6시에 촛불 집회가 있을 서면 쥬디스 앞으로 갈 예정. 시간이 좀 남아 근처 커피숍에서 커피 한 잔. 《월든》의 저자 헨리 데이비드 소로의 《시민 불복종》을 다시 들추어 본다. 요즘 배낭에 넣고 다닌다. 밑줄 쳐 놓은 데가 여기저기 많네. 생각과 실천 사이에 추호의 빈틈도 없다. 생각이 실천이고 실천이 곧 생각인 경지. 시원함과 뜨거움으로 나태와 안일을 강타하는 희귀한 텍스트.

소로는 무엇보다도 소시민들이 세상일을 방관하는 걸 가차 없이 꾸짖는다. 남들이 악을 몰아내어 더 이상 자신이 그 문제로 고민하지 않게 되기를 호의적인 자세로 기다릴 뿐이며, 선거 때 꼴랑 값싼 표 하나 던져 놓고는 정의가 그들 옆을 지나가도록 허약한 안색으로 성공을 빌 뿐이라는 거다.

이 말 듣고 안 찔리는 사람 찾기 힘들겠다. 덕을 찬양하는 사람이 999명이라면 진짜 덕인은 한 사람뿐. "대개는 정의가 자기 자신을 통해서 승리하도록 노력하지 않고, 겨우 한 표 앞선 다수가 될 때까지 기다리고 또 기다릴 뿐"이라는 거다.

얼핏 마음씨 좋아 보이는 자선가들도 비판의 대상이다. 그들은 악의 근원을 꺾는 것이 아니라 악의 가지들만 치고 있다는 거다. 예컨대 가난한 사람에게 가장 많은 시간과 돈을 쓰는 사람이 어쩌면 그가 구하고자 하는 그 비참한 상황을 가장 열심히 만들어 내는 자일지도 모른다. 그자는 노예 한 명을 팔아서 번 돈으로 다른 아홉 명의 노예들에게 일요일에만 자유를 주는 위선적인 노예 주인과 다를 바 없다. 의사당 앞에서 버젓이 남녀노소를 가축처럼 팔고 사는 국가에 세금을 바치는 꼴이 아니고 뭔가. "우리는 먼저 인간이어야 하고 그다음에 국민이어야 하는 것이다."

그러니 부패한 정부에 가장 위험한 사람은 재산을 모으는 데 신경 쓰지 않는 사람이다. 소로가 보기에 돈이 많은 사람일수록 덕은 적다. 가장 부유한 인간이 가장 가난하다. 헌옷 좀 입으면 어떤가. 사람이 새롭지 않은데 새 옷만 갈아입으면 무슨 소용인가.

누군가가 소로에게 무슨 음식을 가장 좋아하느냐고 묻자 이런 답이 돌아왔다. “가장 가까이 있는 거.” 어쩌다가 예기치 않은 공돈이 생겼을 때의 심경을 이렇게 말하기도 한다. “어디다 쓸지 생각하기 귀찮았다.” 하하. 해도 해도 너무하시네 정말. 삶의 방식을 송두리째 바꾸지 않고는, 국가와 천민자본주의라는 기계를 멈추는 데 한몫하긴 힘들다는 것이다.

내가 무슨 책을 번역하거나 쓴다고 말하면 금방 이렇게 반응하는 사람들이 있다. 그거 돈 되나? 순간 울화가 치밀어 오른다. 나를 어떻게 보는 거야? 그래 놓고는 나중에 그 책의 판매부수가 제법 올라가면 빙그레 웃는다. 이런 모순 덩어리. 소로는 바로 이 모순을 직시한다. 자본주의라는 거대한 바퀴가 순조롭게 돌아가는 것을 저지하는 모래 알갱이 역할을 자처한다. 《시민 불복종》은 명언의 연속이지만 그중에서도 압권인 구절.

> 사람 하나라도 부당하게 가두는 정부 밑에서 의로운 사람이 진정 있을 곳은 역시 감옥이다. 노예의 나라에서 자유인이 명예롭게 기거할 수 있는 유일한 집은 감옥인 것이다.

그는 감옥에 갇혀 있는 동안에도 갇혀 있다는 느낌이 전혀 들지 않았다고 말한다. 감옥의 벽은 돌과 회반죽을 공연히 낭비했을 뿐. 오히려 감옥은 시를 짓는 유일한 집이다. 감옥에 있었을 때의 느낌을 그는 이렇게 이야기한다.

“감방에 하룻밤 누워 있노라니 마치 가 보게 되리라고는 전혀 생각지 않았던 어느 먼 나라를 여행하는 기분이었다.”

비폭력 저항의 아이콘 간디가 감옥에서도 늘 옆에 두고 보았던 책이 소로의《시민 불복종》이었던 데는 이유가 있는 거다.

다른 책은 두어 시간 보면 머리가 띵해지거나 갑갑해지는데 소로의 글은 웬걸, 읽을수록 머리가 시원시원해진다. 넘실거리는 자연, 야생의 기운이 출렁이며 다가온다. 그러면 차분해진다. 평온한 느낌이다. 소박하고 넉넉한 생명력. 물질과 문명에 찌든 현대인의 삶을 가차 없이 내려치는 죽비와도 같다.

아침 바람은 영원토록 불고, 창조의 시는 중단되는 일이 없건만 그것을 알아듣는 이는 드물다.

정치도 경제도 다급하지만 우리의 일상은 자연과 너무 멀어져 있다. 촛불 행진 때 흥겹고 발랄한 기운이 유달리 넘치는 것도, 차들이 쌩쌩 달리던 도로를 우리가 두 발로 걸을 수 있어서 그런 게 아닐까 하는 생각도 가끔 든다. 자기 발로 걷고 자기 생각으로 살며 자기 속의 자연을 되살리는 것, 그것이 곧 자율과 자립의 삶이 아니겠는가.

첫 작품이었던《콩코드 강과 메리맥 강에서의 일주일》에서 그는 말한다.

> 이 책은 서재와 도서관, 심지어 시인의 다락방 냄새조차도 풍기지 않고, 들판과 숲의 냄새만 풍길 거다. 지붕 없이 탁 트인 하늘 아래 펼쳐 놓고 사계절 비바람을 맞도록 쓴 야생의 책. 어떤 서가도 그것을 보관하기는 어려울 거다.

그렇다고 해서 그는 자연 속에 은둔한 자연주의자는 결코 아니었다. 당대 화두였던 노예제에 극렬하게 반대했고, 흑인 노예의 탈출을 돕기도 했다. 조세 저항으로 감옥에 갇히기도 했다. 소로의 이러한 시민 불복종 정신은 당장에 정부를 바꾸지는 못했지만, 이후 많은 동지들의 삶의 지표가 되었다. 톨스토이, 간디, 킹 목사, 넬슨 만델라 그리고 함석헌이 그의 길을 갔던 것이다.

그는 이렇게 말한다.

아! 사람다운 사람, 내 이웃이 말하기를 등뼈가 있어 남의 손에 결코 놀아나지 않는 사람이 있다면.

이제 쥬디스 쪽으로. 등뼈가 있는 분들이 백만이나 광화문에 집결하고 있다니 소로가 살아 있다면 흐뭇해했을 것 같다. 5시 50분 현장. 부산 민예총 주도로 궐기 춤 공연 중. 발걸음 떼기 힘들 정도로 인파가 빽빽하다. 대한민국 살아 있네.

나는 반항한다, 고로 우리는 존재한다

카뮈, 《페스트》

출근길. 초등학교 앞을 지나간다. 저 블록벽 안에서도 애들은 방실거리고 있을 테지. 뭐 애들 자체가 봄이지. 20여 년 전 기억. 바이마르 카페에 앉아 맥주 꼴깍꼴깍 하다가 옆자리에 있던 독일 대학생들과 말을 섞게 되었다. 좀 잘난 척하고 싶었다. 허영심은 죽을 때까지 극복하기 어렵다. 취해서 조잘거렸던 말 중 우스꽝스러운 한마디는 가끔 생각난다. "내 생의 철학은…… 죽을 때까지 산다는 거다." 그 무슨 개똥철학. 실존주의 문학 하면 알베르 카뮈. 그의 작품 《페스트》.

하루에 수백 명이 죽어 나가는 폐쇄된 절망의 도시 안에서 사람들의 인생관은 변한다. 타지 사람이었던 신문기자 랑베르는 애인을 만나기 위해 처음에는 필사적으로 탈출을 시도한다. 하지만 그곳 동료들이 희망도 절망도 없이 묵묵히 봉사하고 있는 현장을 보고, 내가 원하든 원하지 않든 '나는 이곳 사람이다'라고 끝내 선언한다. 그러고는 환자들을 위해 보건대에서 헌신한다. 그냥 남은 거지 그 무슨 애국심이겠는가.

의사인 리유도 랑베르의 결정을 무덤덤하게 받아들이며 이렇게 말한다. 자기가 사랑하는 것으로부터 몸을 돌릴 만한 가치가 있는 건 이 세상에 없다, 하지만 나도 왜 여기 머무르며 이러고 있는지 그 이유는 모르겠노라고. 무덤덤. 이 말 참 끌리네. 그래, 박수갈채 같은 건 소음에 불과한 거야. 리유의 아내도 바로 이웃 도시에서 그를 애타게 기다리고 있었던 것이다. 그리워하기 때문에, 바로 그것 때문에 우리는 살아갈 힘을 얻는 것이다. 그런데도 리유는 아내가 있는 곳으로 탈출하지 않는다.

1944년 파리가 독일로부터 해방되었을 때, 그동안 일간지 〈전투〉에 감동적인 저항의 사설을 써 왔던 인물이 알베르 카뮈임이 밝혀진 것은 잘 알려져 있다. 그는 말한다.

나는 반항한다. 고로 '우리'는 존재한다.

'나'는 존재한다가 아니다. 저항의 대상은 모든 거짓과 허구와 위선이며, 우리 일상의 행복을 짓누르는 고통이다.

페스트는 전쟁을 비롯한 이런저런 사회악의 상징. 페스트로 고립된 도시, 그 안에 갇힌 사람들은 세 가지 방식으로 반응한다. 도피와 초월 그리고 저항. 카뮈의 선택은 도피와 초월이 아닌 저항의 길이다. 무덤덤하게 버티는 정직과 겸손함이다. 예컨대《이방인》의 뫼르소는 극단적으로 정직한 인물이다. 그는 어머니에게도 애인에게도 사랑한다고 말하기를 거부하는 괴짜였다.

정직한 인간인 의사 리유는 고통당하는 모든 사람과 연대 의식을 갖고 살아간다. 하지만 그 이유는 모르겠노라고 솔직하게 말한다. 신문기자 랑베르도 페스트 앞에서 굴복하지 않는 무덤덤한 실행의 인간들을 보고 선언했던 것이다.

나는 떠나지 않겠어요. 여러분과 함께 있겠어요.

그러나 저항 속에는 무엇보다도 행복하고자 하는 조바심이 당연히 전제되어 있다. 모든 고통스러운 투쟁은 구체적인 행복과 사랑을 위한 것이다. 신나게 먹고 마시고 노는 게 사는 보람임을 누가 부정하겠는가. 세끼만 먹으면 왕도 부럽지 않은 거다. 막걸리 한 통쯤은 혹시 더 필요할 수도 있겠다. 두 통?

페이스북 수다는 그만 떨고 이제 일어서야지. 그런데 여기 카페의 청춘들은 한가롭기만 하네. 안다는 것과 행동한다는 것 사이는 그만큼 거리가 멀다. 그래서 거리를 가득 메운 백만의 촛불이 더욱 귀한 것이다. 시민정신의 젊은 화신들을 만날 생각을 하니 발걸음이 가볍다. 모래 한 알이라도 더 보태야지.

—

세 시경 동네 분식집에서 늦은 점심. 오늘은 바깥문 옆 입간판에 이해인 수녀님의 시를 분필로 써 놓으셨네. 짬뽕라면을 시켜 놓고 기다리는데 안전모를 쓴 건설 노동자 한 분이 들어와 짜장면을 시킨다. 주인아줌마 왈. 오늘은 별로 안 덥죠? 아차, 아닌데 싶었다. 아니나 다를까 노동자 아저씨 투박스럽게 말한다. 아줌마, 우리한테 안 덥지요? 하고 물으면 실례요. 아줌마 한 방 묵었다. 짜장면이 나왔는데 보니까 바닥에 깔렸네. 양이 너무 적다. 시를 내걸어 놓느니 짜장면 양 쫌 더 드리는 게 시의 삶이 아닐까 생각한다. 심심해서 잠시 수다.

인간다운 삶의 목표

마키아벨리, 《군주론》

읽다가 보면 예상과는 확 다른 면모를 발견하게 되는 책들이 가끔 있다. 마키아벨리의 《군주론》도 그중 하나다. 마키아벨리즘이라고 하면 권모술수의 대명사 정도로 알았는데 막상 다 읽고 나면 그게 아니라는 걸 알게 된다. 정치 현실이 고달프면 내가 정치인이 아니면서도 이 책을 자꾸 들추어 보게 된다. 왜 그런 걸까?

마키아벨리(1469~1527년) 시대, 이탈리아는 사분오열된 가운데 외세 침략에 끊임없이 시달리고 있었다. 피렌체의 직업 외교관으로 동분서주했던 마키아벨리는 조국 통일을 위해서는 강력한 군주의 출현이 불가피하다고 보았다. 현실 정치의 바이블로 불리는 《군주론》은 이러한 혼돈의 국내외 정세에 능동적으로 대처하기 위한 고심참담의 결과물이었다.

마키아벨리가 정계에 입문한 중요한 계기는 프랑스 왕 샤를의 이탈리아 침공이었다. 그 결과 메디치가가 쫓겨나고 도미니커스 수도사 사보나롤라의 급진 공화정이 수립되었으나 교황 알렉산드르 6세의 압력으로 곧 몰락한다. 그 뒤를 이은 새 공화정에서 마키아벨리는 스물아홉이라는 나이에 제2서기장이라는 고위직에 오르게 된다. 그러나 이후 이 정권은 무너지고 다시 메디치가가 복귀하자 마키아벨리는 공직에서 쫓겨나고 만다.

이처럼 공화정과 군주정이 엎치락뒤치락하는 정치적 격변기에 죽음의 문턱까지 갔던 마키아벨리는 피렌체의 실력자인 메디치가에 의해 피렌체 시 근교 산장에 갇힌 채 저작 활동에 전념했고 그 저작을 메디치가에 헌정했던 것이다. "자칫 기회주의적인 처신으로 오해받을 수 있음에도 그를 끊임없이 몰아세웠던 것은 이념이나 파당이라기보다는 고대의 영광과 위대함을 되살려 자신의 꿈을 실현하겠다는 비타 악티바(vita activa), 즉 행동하는 삶에 대한 열망이었다." 정치적인 너무나 정치적인 마키아벨리.

그는《군주론》을 쓴 동기를 이렇게 밝힌다.

"나는 상상에 바탕을 둔 견해보다는 사물의 구체적인 실체를 따르는 것이 낫다고 생각한다. 왜냐하면 많은 사람들은 그 현실적인 존재를 보지도 알지도 못한 공화국이나 군주국을 상상해 왔기 때문이다."

《군주론》의 근대 정치적 성격은 이처럼 외교관으로서 경험했던 현실 정치와 고전에 대한 깊은 지식에 근거하여 윤리와 정치, 상상과 현실을 냉철하게 분리한 데 있다. 당위와 현실, 도덕과 필연을 냉정하게 구분한다. 그가 보기에 현실 정치에서 인간의 선한 본성은 믿을 수 없는 기준이다. 기대와 망상의 베일을 가차 없이 벗기고 살아 꿈틀거리는 현실을 직시한다. 괴테의 《파우스트》를 인용하자면, "인간 지혜의 최대 두 적은 공포와 희망이다."

그가 보기에 인간은 반은 인간이고 반은 짐승이다. 고대 기록들에 군주들의 스승이 반인반수 케이론의 모습으로 나타나는 것은 그 때문이다. 도덕만을 앞세운 이상주의 정치는 몰락할 수밖에 없으며 군주 또는 지도자는 누구보다도 권력의 속성을 냉철하게 꿰뚫어 보아야 한다는 것이다.

당시 도미니커스 교단의 수도사 사보나롤라의 급진 공화파 정권이 무참하게 무너지는 것을 목격한 마키아벨리는 단언한다.

모든 무장한 예언자는 승리하고, 무장하지 않은 모든 예언자는 파멸한다.

신의 영광과 정치의 비극을 코앞에서 지켜보았던 것이다. 영혼의 개혁만으로 정치 개혁을 기대할 수는 없는 법이다. 정치는 도덕이나 종교가 아니라 그 자체의 논리에 따른다는 말이다. 사람에 대해서는 법에 따라 통치해야 하지만, 짐승에 대해서는 힘에 따라 지배해야 한다는 것이다. 군주는 '필요'할 때는 과감하게 악행도 서슴지 않아야 한다. 그러므로 《군주론》에서 통치의 기준은 보통 의미에서 말하는 도덕이 아니라 필요성의 윤리다.

때로는 선하지 않을 수 있는 것도 군주에게는 능력이다. 예컨대 현상 유지가 아니라 개혁을 단행하려는 군주의 입장은 참으로 어렵다. 그가 보기에 귀족들은 기득권을 놓지 않으려 하기 때문에 변혁의 주체가 될 수 없다. 그렇다고 민중을 믿기도 어렵다.

인간이란 대체로 은혜를 모르고 변덕스러우며 허위적이고 위험을 피하려고 고심하며 이익 앞에 탐욕스러운 존재이기 때문이다.

개혁의 적은 기득권의 공포심과 지지자의 의심이다. 그러므로 군주는 '여우의 책략과 사자의 용기'로 선악이 뒤엉킨 아수라장 현실을 돌파해야 한다.

마키아벨리 못지않게 정치 경험이 풍부했던 괴테는 말한다. "정치란 비열한 것이다." 인간의 착한 본성을 믿지 않기에 마키아벨리는 군주가 사랑을 받는 것보다는 두려움을 받는 것이 더 안전하다고 본다. 인간은 사악한 동물이라서 의리로 유지되는 애정 따위는 이해관계 앞에서 여지없이 무너진다는 것이다. 그러므로 군주는 민중에게 사랑받지 못한다면 적어도 증오를 갖지 않을 만큼 자신을 두려워하게 만들어야 한다. 사람들이란 군주가 부드럽게 대하면 자신의 뜻만을 따르고, 군주를 두려워할 때는 군주의 뜻에 따르기 때문에, 현명한 군주라면 자신의 운명을 다른 사람에게 맡기지 말고 스스로에게 기대라는 거다.

이러한 날카로운 심리 통찰과 냉철함이 《군주론》을 목적을 위해 수단과 방법을 가리지 않는 권모술수의 사상으로 비치게 했다. 계몽군주를 자처했던 프로이센의 프리드리히 대왕은 마키아벨리를 인간성의 선함을 파괴하는 괴물이라고 비난하기까지 했다.

"나는 인간성을 파괴하는 이 괴물에 대해 인간성을 지키기 위해 분연히 일어서는 바이며, 나는 감히 궤변과 죄악에 대항해 이성과 정의로 맞서려고 한다."

하지만 프리드리히 자신도 독재군주, 계몽군주로서 한편으로는 문화정책을 펼치면서 다른 한편으로는 무자비한 영토 확장 정책을 펼쳤던 것은 엄연한 현실이었다. 나중에는 마키아벨리를 오해했다고 고백하기까지 한다.

마키아벨리 이후 대체로 부정적인 평가를 받아 오던《군주론》을 새로운 관점에서 재평가한 것은 몽테스키외와 루소였다. 루소의 발언.

> 마키아벨리는 군주에게 가르침을 주는 듯이 꾸미면서 실은 인민에게 위대한 교훈을 주었다. 그의《군주론》은 공화주의자의 교과서다.

마키아벨리가 공화정을 직접적으로 옹호하는 대목은 이 책 어디에도 없다. 그러나 그는 공화정의 가치를 간접적으로, 하지만 명백하게 내비치고 있다. 마키아벨리의 내심이 공화정에 있다는 것은 행간에서 금방 드러난다. 책의 서두에서부터 그는 군주가 영토를 새로 획득했을 경우 그 나라가 공화국이었다면 무자비하게 탄압하라고 권한다. 왜 그런가?

"압제자로부터의 해방과 예전에 누렸던 자유는 긴 세월로도, 그리고 그 어떤 선정으로도 잊게 할 수는 없기 때문이다."
자유를 누렸던 경험을 가진 사람들의 강력한 생명력과 격렬한 증오감, 복수에 대한 갈망을 칭송하는 구절이다.

반면에 "군주의 지배하에서 살아왔던 사람들은 자유민으로서 살아가는 방법도 모르고 또 쉽사리 반란도 일으키지 못하므로, 다른 지역에서 온 군주는 그들을 쉽게 정복할 수 있다"고 본다. 군주의 국가였으니 시민들이 주인의식이 없는 것은 당연하지 않은가. 그러므로 민중의 처지에서 보면 당연히 공화정을 택하라는 무언의 메시지라는 것이다. 권력의 본성을 물리적인 차원에서 투시하는 마키아벨리. 그는 냉철한 정치과학자이자 열렬한 공화주의자였다.

또 다른 연구서 《로마사 논고》에서도 그는 군주제보다 공화제가 부패를 억제하는 데 효율적임을 치밀하게 논증한다. 전성기 로마공화정은 개인의 이익보다는 공공선을 우선하는 자유로운 정치 체제였기 때문에 시민들은 애국심으로 외적에 맞서 용감하게 싸울 수 있었다는 것이다. 군주의 가장 강력한 성채도 결국 민중이며, 국력은 재화가 아니라 부패하지 않은 시민정신에서 나온다. 《군주론》의 정신도 결국 그 연장선에 있다.

마키아벨리는 물론 인간의 본성이 선하지 않다고 본다. 정치의 영역에서는 더욱 그러하다. 그러면서도 공화정의 꿈은 결코 놓지 않는다. 그 모순을 끌어안고 로마공화정 연구에 매진했던 것이다. 문자 그대로 함께 잘 사는 세상에 대한 그리움, 즉 공화정의 꿈은 인간다운 삶의 변함없는 목표일 수밖에 없다.

당시 이탈리아의 여러 나라 중에서 보수적인 군주국들은 통일 문제에서는 오히려 진보적인 입장이었고, 대상인(大商人)이 실제 권력을 쥐고 있던 공화국들은 오히려 기득권을 보전하기 위해 통일을 기피하고 있는 상황이었다. 마키아벨리가 살았던 피렌체도 베네치아와 함께 이탈리아의 국가 통일을 가로막는 강력한 도시국가를 이루고 있었다.

그러므로 마키아벨리는 통일이라는 눈앞의 목표를 달성하기 위해 공화제라는 꿈은 접어 두고, 군주제라는 현실 정치의 노선을 택했던 셈이다.《군주론》이 권모술수의 대명사로만 해석되어서는 안 되는 것은 현실의 한가운데 있으면서도 그 꿈을 놓칠 수는 없었던 근대의 고통을 생생하게 담고 있는 기록이기 때문이다. 몸은 여기 있으되 눈은 저 너머를 보고 있다.

―

전두환 정권 말기에 내가 어쩌다가 해직되었을 때 동료 교수 일곱 명이 항의차 학교 연구실에서 보름 정도 단식 농성을 한 적이 있었다. 그때 다른 대학의 사학과에 재직 중이던 오상훈 교수와 채희완 교수가 단식 현장으로 날마다 출근하다시피 하며 현장을 묵묵히 지켰다. 말은 없었지만 고량주에 짬뽕을 시켜 놓고 옆방에서 술은 마셨다. 단식자들의 코를 스치는 짬뽕 향기라니. 배는 고프고 웃음은 나오고. 대신 마셔 준다는 그럴싸한 명분은 그럴싸했다. 술 냄새라도 좀 맡아 보자며 문 열어 놓으라고 키득거리기도 했다. 복도에 내놓은 그릇들을 보고 당국에서는 이놈들이 쭝국 음식 시켜 먹으며 '단식 쇼' 한다고 오해했다고 한다. 뭐, 그럴 만도 했다.

캄캄한 정국, 어두운 분위기에도 매몰되지 않던 그때의 나지막하고 밝았던 웃음들은 지금도 들리는 듯하다. 이후 많은 일들이 생겨나고 또 사라졌다. 웃지 않고는 살 수 없다.

©화덕헌

촛불과 호민

허균, 〈호민론〉

역사는 굽이치며 흘러간다. 지금 이 순간 역사의 주인으로 성장해 가는 촛불 시민들, 멋지다. 시민혁명의 힘찬 현장, 집회 후의 시가행진은 발랄하기만 하다. 무엇보다도 패기만만한 청춘들이 우르르 쏟아져 나와 마음 놓인다. 이제 역사를 거꾸로 되돌리기는 어려울 거다. 마음이 설렌다.

못다 이룬 개혁의 꿈을 담은 《홍길동전》의 저자 허균이 말한 호민은 바로 이런 시민들이다. 그는 백성을 세 부류로 나눈다. 항민(恒民)은 시류에 따라 이리저리 떠밀리며 사는 어리석은 백성이며, 원민(怨民)은 행동으로 나서지 못하고 불만을 품고 사는 자들이다. 호민(豪民)은 요즘 말로 깨어 있는 시민으로 봉기를 조직하고 주도하는 자들. 그리하여 때가 오면 호민을 중심으로 떨치고 일어나 봉건 세상을 바꾸어야 한다는 것이 〈호민론〉의 요지다. 서울 광화문 광장을, 광주 오월 광장을, 부산 서면 거리를 가득 메운 시민들은 되살아난 홍길동의 후예들인 셈이다. 백만의 촛불은 곧 백만의 호민인 거다.

앞서 말한 소로의《시민 불복종》은 미국판 호민론이다. 그의 글은 언제 보아도 서늘하다. 자연을 향해 이웃을 향해 '자기'라는 껍질을 확 벗어 버린 사람. 때로는 봄바람이 때로는 매서운 겨울바람이 그에게서 불어온다. 이 사람은 자연인가? 인간인가? 문장 하나하나가 선명한 울림으로 나를 끌어당긴다.

추위나 굶주림, 바람이나 파도에 대해서는 악착같이 저항하지 않으면서 정부의 폭력에 대해서는 왜 그토록 거세게 저항하는가? 정부의 힘에 저항하면 효과를 거둘 수 있기 때문이라고 소로는 자문자답한다. 오르페우스처럼 바위나 나무나 짐승을 변화시킬 순 없지만, 인간은 변화 가능한 존재라는 것. 인간과 인간 사회의 변화 가능성을 믿는 것이다.

그렇다면 변화의 동력은 무엇인가? 법에 대한 존경심이 아니라 정의에 대한 존경심. 원칙에 따른 행동, 곧 정의를 알고 실천하는 것만이 진정으로 사물을 변화시키고 관계를 변화시킨다. 정부의 폭정이나 무능이 너무 커서 참을 수 없을 때는 저항하는 것이 시민의 당연한 권리인 것이다.

괴테의《파우스트》가 전하는 메시지도 인간 사회의 변화 가능성에 대한 믿음이다. 파우스트는 변화를 믿고 추구하는 자다. 이리저리 마구 흔들리면서도 오뚝이처럼 중심을 잃지 않는다. 반면에 악마인 메피스토펠레스는 인간과 사회의 변화 가능성을 보지 않는 냉소주의자이며 허무주의자다. 악마의 싸늘한 눈에 인간은 희망이니 이성이니 하며 제법 우쭐대고 폴짝거리긴 하지만 결국엔 욕망에 이끌려 썩은 풀섶에 나동그라질 비천한 존재에 불과하다. 그러나 괴테가 보기에 인간은 욕망에 이끌려 이런저런 사고도 많이 치지만 결국엔 구원의 가능성이 있는 존재다. 유머와 분노, 절제와 희망으로 가득한 서면 거리와 광화문 광장. 시민들의 들끓어 오르는 열망과 함성을 지켜보고 있자니 절로 그런 생각이 든다. 아이도 어른도 할아버지 할머니도 깨어나고 있지 않은가.

악마조차도 변화하게 만드는 백만의 촛불. 얼음장처럼 차가운 메피스토펠레스가 작품의 마지막 장면에서 아기 천사들을 보고 마음이 움직이는 것도 그런 변화 가능성을 암시한다. 우리 공동체에서 희망을 보는 것은 지금 우리가 시대의 거대한 변곡점에서 고군분투하고 있음을 말하는 것일 테지.

다시 말하지만, 이 시대의 촛불은 곧 호민의 기백이고, 소로의 시민 불복종 정신이며, 괴테의 휴머니즘 정신인 것이다.

아픈 몸이 아프지 않을 때까지

김수영과 4월 혁명

자다가 깨어 폰을 들여다보는데 모기 한 마리가 코앞에서 앵앵 날아댕긴다. 누운 채, 오른손엔 폰이 들려 있어 왼손으로 콱 쥐었는데 고것이 빙글 나선을 그리며 잽싸게 빠져나간다. 벌떡 일어나 두어 번 더 시도하다 포획에 성공. 방바닥으로 확 때기장쳤더니 모기가 거의 기절 상태로 버둥거린다. 앗, 미안. 앗, 성공. 맨손으로 모기를 잡다니. 그것도 왼손으로. 아이쿠, 큰일 하셨네. 이게 무슨 짓이고. 사나이가 새벽부터 모기나 잡고 있다니. 피씩. 꼴랑 모기 한 마리 잡아 놓고도 이래 좋아하는 걸 보니, 제대로 된 민주정권이 들어선다면 얼마나 호들갑 떨지 짐작이 가고도 남는다.

4·19 직후 시인 김수영이 달려라, 저놈 잡아라, 말을 달려

라, 저놈이 이승망이다, 저놈이 이기붕이다, 하고 들떠서 마구 좋아하던 장면이 기억난다. 시 제목이 뭐였더라. 나는 그의 기죽지 않는 장난기가 좋다. 그 리듬이 김수영 시의 바탕이다. 백만 촛불의 현장을 볼 때면 그의 심경이 조금은 이해된다. 그는 4·19 혁명의 와중에 아이처럼 들떠 있었다.

김수영이 4·19 혁명 일 년 전에 남긴 시.

시장 거리의 먼지 나는 길 옆의
좌판 위에 쌓인 호콩 마마콩 멍석의
호콩 마마콩이 어쩌면 저렇게 많은지
나는 저절로 웃음이 터져 나왔다

콩들이 수북이 쌓인 걸 보고 참을 수 없어 웃음을 터뜨리는 소녀의 마음. 가만히 따라 읽다 보면 읽는 사람의 입술에도 절로 웃음이 번진다. 그 소녀 아닌 소녀가 4·19 혁명을 맞아 신이 났다. 덜렁댄다.

4·19 일주일 후의 발언이다.

우선 그놈의 사진을 떼어서 밑씻개로 하자
그 지긋지긋한 놈의 사진을 떼어서

조용히 개굴창에 넣고
썩어진 어제와 결별하자

기대 같은 거 우습게 볼 시인이 한껏 기대에 부풀어 있다. 혁명 한 달 후.

기성 육법전서를 기준으로 하고
혁명을 바라는 자는 바보다
혁명이란
방법부터가 혁명적이어야 할 터인데
이게 도대체 무슨 개수작이냐
……
그놈들이 망하고 난 후에도 진짜 곯고 있는 것은
그대들인데
불쌍한 그대들은 천국이 온다고 바라고 있다

그놈들은 털끝만큼도 다치지 않고 있다

제3지대 운운하는 놈들이야말로 혁명을 주저앉히는 복병이다. 6개월 후.

혁명은 안 되고 나는 방만 바꾸어 버렸다
그 방의 벽에는 싸우라 싸우라 싸우라는 말이
헛소리처럼 아직도 어둠을 지키고 있을 것이다

죽도록 이사해 놓고 보니 이 방이나 저 방이나 마찬가지라는 소리다. 시민혁명의 기대에 잔뜩 부풀었건만 결과는 그냥 권력 재편이다.

그리고 4년 후.

역사는 아무리
더러운 역사라도 좋다
진창은 아무리 더러운 진창이라도 좋다
나에게 놋주발보다 더 쨍쨍 울리는 추억이
있는 한 인간은 영원하고 사랑도 그렇다

술쟁이 시인. 술도 덜 깬 몸으로 비틀거리며 우리 역사 한가운데를 필사적으로 건너간다.

아픈 몸이
아프지 않을 때까지 가자

온갖 식구와 온갖 친구와
온갖 적들과 함께
적들의 적들과 함께
무한한 연습과 함께

혁명도 연습이다. 무한의 운동이다. 그때보다는 백배로 좋은 조건이다. 백만 이백 만의 촛불, 평화 시위를 몰캉하게 보지 말자. 질기게 질기게 한 걸음이라도 더 나아가는 것, 거기서 나는 희망을 본다. 결과에 조급하게 매달리지 말고, 묵직하게 한 발씩 더 나아가는 것. 희망이 진흙 바닥에 나뒹굴었던 게 한두 번이었던가. 희망과 절망, 꿈과 현실, 현실과 보다 나은 현실을 하나로 껴안으면서 김수영은 묵묵히 소주잔을 들이켰다.

—

지하철 타고 가는데 앞자리 할배가 나를 힐끗힐끗 째려본다. 배낭에 달린 노랑 리본과 내 흰머리를 아래위로 번갈아 쳐다본다. 눈알이 마구 구른다. 쫌 헷갈리시는 모양이다. 배신감이라도 느끼시는 건가. 나이깨나 묵은 놈이 웬 노랑 리본, 하고 똥 씹은 표정이다. 쏘아붙이는 에너지가 상당히 강렬하다.

아아, 해방 이후부터 면면히 이어 온 유서 깊은 시선이다. 뿌리 깊은 적개심이다. 이럴 땐 어떻게 하나. 나 원 참.

강추위에 촛불이 많이 줄었다. 서면 길바닥에 앉아 있자니 엉덩이가 너무 시려워 슬그머니 일어나 근처를 어슬렁거렸다. 이어서 거리 행진. 가야대로로 진입하는 순간 같이 가던 배 모샘이 살짝 빠지자고 유혹해 못 이기는 척 이탈. 쏘리– 서면 주막으로 직행. 가 보니 중도 이탈한 농땡이 촛불들 몇몇이 이미 자리 잡고 있다. 서로 탈영병이라고 놀려 대다 보니 빈 막걸리 병들이 어느새 죽 늘어서기 시작한다.

다음부터는 촛불 힘차게 들겠습니데이!

©정남준

—

서면에서 걸어 문현로터리에 막 도착한 촛불 시민들. 보름달이 차분하게 빛난다. 날씨도 걷기에 딱 좋을 만큼 시원했다. 행진하며 부르는 노래 중에서 이 곡이 간결하고 힘차고 경쾌하다.

"대한민국은 민주공화국이다. 대한민국은 민주공화국이다. 대한민국의 모든 권력은 국민으로부터 나온다. ……"

이 노래를 나중에 국가로 택하면 어떨까. 우렁차게 부르는 동안 공화국 시민으로서 자부심이 절로 우러나지 않겠는가. 정치인들도 제 입으로 이 노래를 부르면서 감히 독재를 할 생각이 들지는 않을 거다. 지금 애국가는 축축 처지고 매가리가 없고 그 무슨 메시지가 있는지 감이 하나도 안 온다. 어쨌거나 상상은 자유다.

민주주의의 교사 귄터 그라스

귄터 그라스, 《양철북》《양파 껍질을 벗기며》《게걸음으로》

2002년 3월 독일 뤼베크에서 귄터 그라스의 작품《게걸음으로》번역 세미나가 열린 적이 있다. 20여 개국에서 온 번역자들과 작가 그리고 편집자가 3박 4일 동안 텍스트를 둘러싸고 열띤 토의를 벌였다. 독일에서도 책이 나오기 전이라 출판사에서 각 나라의 번역자에게 가제본한 책을 미리 보내 줘서 나도 읽어 봤더니 헷갈리고 모르는 데가 참 많았다. 이거 영업 비밀인데. 연필로 밑줄을 죽죽 그어 놓았다.

세미나 장소는 토마스 만 형제가 살았던 붓덴브로크하우스 지하 홀. 오전 아홉 시부터 돌아가면서 각자 소개를 한 뒤 본게임 시작. 귄터 그라스를 옆에서 도와주던 편집자가 말문을 열었다.

"첫 페이지 첫째 단락에 모르는 게 없나요?"

첫 페이지가 아니었다. 이크, 큰일 났네. 저렇게 꼼꼼하게 할 건가. 슬렁슬렁 놀러 왔는데 이거 잘못 걸렸네. 나흘 동안 강행군이었다. 그렇게 시달리고 또 시달렸더니 몰라서 밑줄 쳐 놓았던 것들을 지우개로 거의 다 지울 수는 있었다. 자신의 책을 외국 독자들에게도 제대로 읽히겠다는 책임감 또는 자부심 하나는 알아줄 만했다. 마지막 날 저녁. 이별의 포도주 파티야 없을 리 없지. 해방이다. 부어라 마셔라. 내일은 당장 알프스로 튈 거야.

헤어지면서 작가가 내게 한마디 툭 던졌다. 미스터 장, 두 달 후 한국에서 봐요. 내가 평양으로 갔다가 '휴전선을 넘어' 서울로 갈 테니까. 나는 속으로, 사정을 잘 모르시는군, 잘 안 될 건데 생각하면서도 아, 예, 그러세요, 하고 대답했다.

그해 5월 말 그라스는 예정대로 한국을 방문했다. 무슨 통일 세미나에도 참가하고 월드컵 개막식에서 축시도 낭송하기 위해서였다. 물론 평양으로 가지는 못했다. 남북이 화해 분위기인 지금쯤이면 가능했을 텐데.

김포공항에 내리자마자 그가 곧장 달려간 곳은 휴전선이었다. 방문하고 돌아온 작가는 상기된 표정으로 말했다.

"살벌해요. 베를린 장벽하고는 비교도 안 돼요. 형제간에 왜 이러는 거지요? 퍼준다, 퍼준다, 하지 말고 잘사는 남쪽이 조건 없이 도와주세요. 내가 한국 작가라면 평생을 분단 문제에 매달리겠어요."

감수성 덩어리인 대작가의 눈에 비친 휴전선의 실상은 그만큼 참혹했던 것이다.

3·1 만세 운동 100주년 기념일 아침. 외국인이면서도 남북 분단의 고통을 헤아려 휴전선을 넘으려 했던 그 작가 생각이 나네. 위안 삼아 말하자면, 실은 귄터 그라스는 독일의 성급한 통일에 반대했다. 극심한 경제 격차 때문에 동독이 서독의 식민지가 될 것을 우려했던 것이다. 아니나 다를까 통일 후 구동독의 토지와 부동산의 90퍼센트는 구서독인의 손에 들어가고 말았다.

오스카는 왜 북을 두드리는가

제2차 세계대전 후부터 2015년에 세상을 떠날 때까지 독일 문단에서 '저항'의 상징이었던 귄터 그라스. 무엇보다도 과거사 청산 문제에서 우리 사회가 배울 게 참으로 많은 분이다.

1959년 귄터 그라스의 《양철북》이 발표되자 독일 문단에 일대 소동이 벌어졌다. 폴란드의 도시 단치히를 무대로 20세기 초·중반 격변하는 독일 사회의 은폐된 속살을 오스카라는 난

쟁이의 행보를 통해 추적한 이 작품은 반어와 역설과 풍자로 가득한 서사적 표현 기법으로 열광적인 인기를 끌었고, 다른 한편으로는 교회와 신성에 대한 모독이며 외설이라는 이유로 격렬한 거부감을 불러일으켰다. 2차 대전 후 지리멸렬하던 독일 문단에 야생마 같은 존재가 나타났던 것이다.

그 야생마는 오스카를 아바타로 내세워 소시민들의 일상 구석구석을 종횡무진으로 헤집고 다닌다. 처음 이 작품을 읽었을 때 나는 장황한 언설과 요설과 다변에 어이가 없었다. 하지만 이제는 머리가 끄덕여진다. 이야기 본능은 곧 자유 영혼의 발로가 아니겠는가.

오스카는 켜켜이 쌓인 속물 사회의 두터운 지방층을 마구 들쑤시며 다닌다. 북을 두드리고 소리를 질러 유리를 깬다. 줏대 없는 광대처럼 흥얼거리며 다니는 것 같지만 여차하면 강펀치를 날린다. 세상이야 어찌 돌아가든 코앞의 안일만 추구하는 소시민이 우글거리는 눈먼 자들의 도시. 깨어 있지 않으면 결국 동물의 지배를 받게 된다는 것은 거기나 여기나 그때나 지금이나 마찬가지다. 놀랍기만 하다! 서른한 살의 나이에 독일 사회 저변에 켜켜이 쌓인 속물근성의 현장을 그처럼 속속들이 투시하며 굽어다보니.

이후 작품들에서도 귄터 그라스는 참으로 다양한 화자들을 등장시킨다. 세상을 보는 각도가 끊임없이 변화한다. 관점의 자유자재한 변화, 나는 그라스 문학의 요체를 이렇게 본다. 역사와 현실에 제대로 접근하려면 편견 없는 시선이 전제되어야 하므로, 이 각도 저 각도에서 투시하는 형식 실험을 줄기차게 지속한다. 고양이와 쥐, 개, 넙치, 달팽이, 무당개구리의 시선까지 동원한다. 아래쪽에서 어른들을 올려다보는 오스카의 개구리 시점도 그러한 자유로운 시선들 중 하나다. 고정관념에서 벗어나 거침없이 새롭게 보려는 시도다.

물론 작가의 이러한 광대한 시선이 평지돌출인 것은 아니다. 반어와 역설과 풍자라는 서사적 표현의 전통은 바로크 시대 이후 형성된 악동소설, 성장소설, 예술가소설이라는 독일 소설의 전통에 그 맥이 닿아 있다. 그 전통 속에서 보면 그라스의 존재가 더욱 명료하게 드러난다. 작가 엔첸스베르거가 오스카를 “양철북을 두드리는 빌헬름 마이스터”라고 한 것은 그런 맥락이다.

무엇보다도 그라스는 그림 그리듯이 점토 주무르듯이 문장을 써 나간다. 그라스는 작품 하나를 끝내고 나면 그 핵심 이미지를 그림이나 점토 작품으로 남겨 놓기도 하고, 혹은 소재를 먼저 그림으로 그리거나 점토로 빚어 놓고 그다음에 글로 써 내려가곤 했다. 스케치하듯이 조각하듯이 글을 쓰는 거다. 그

뿐만 아니라 귄터 그라스는 춤추기를 좋아했다. 머리가 아니라 온몸으로 글을 썼다. 그러니까 글을 쓰고 스케치를 하고 점토로 빚고 춤을 추는 것은 하나의 연속동작인 셈이다.

"나한테는 글을 쓰는 게 그림을 그리거나 조각을 하는 것과 별반 다를 게 없어요. 가공하지 않은 내 글은 점토 작업과 같은데, 일단은 마구잡이로 원고를 채우고 나중에 손을 보는 거지요."

몸의 리듬을 따르기 때문에 공허한 관념이 스며들 여지가 없다. 지행합일이 아니라 행행합일(行行合一)의 경지가 아닌가. 그 출렁거리는 에너지의 흐름을 따라가다 보면 작품이 저절로 다가온다. 타고난 이야기꾼의 흥겨운 가락에 공감하다 보면 독일 사회의 밑바탕이 훤하게 보인다. 이 과정에서 일상 속에 스며든 파시즘은 절로 폭로된다. 1979년에 나온 폴커 슐렌도르프 감독의 영화 〈양철북〉이 성공한 것도 원작 자체가 관념적 이해의 지평이 아니라 있는 그대로 '보도록' '느끼도록' 만들어져 있기 때문이 아닐까.

'작가' 존재는 그 자체로 당연히 참여다

자유자재한 관점의 변화는 사회적 실천의 영역에서도 같은 리듬으로 전개된다. 그 모든 경직된 리듬과 도그마를 거부한다. 당시 사르트르와 카뮈 사이의 유명한 논쟁에서 그가 카뮈 편에 섰던 것도 그런 이유에서다. 관념론을 배격하면서도 냉소주의에 빠지지 않는 실사구시의 상징을 카뮈의 《시시포스 신화》에서 보았던 것이다. 독일 비평의 황제라고 불리는 라이히-라니츠키와 평생에 걸쳐 갈등을 겪었던 것도 같은 맥락이다. 그라스가 보기에 라이히-라니츠키의 지평은 교조적 사회주의의 굴레에 갇혀 있을 뿐이다.

기민당의 보수적인 아데나워와 사민당의 진보적인 빌리 브란트의 대결 국면에서 귄터 그라스가 브란트의 편을 들며 적극적으로 선거유세에 나선 것도 아주 사소한 이유 때문이었다는 설도 있다. 수세에 몰린 아데나워가 빌리 브란트를 '혼외 자식'이라고 비난한 것에 그라스가 격분했다는 것이다. 그는 사민당의 집권을 위해 선거유세를 수백 번이나 했고, 그 기록은 《달팽이의 일기》로 남았다. 현수막에 "에스페데(SPD)!" 하고 우는 닭을 그려 사민당을 지지하기도 했다. 극우 세력이 자기 집에 불을 지른 적도 있었지만 그는 굽히지 않았다. 그러므로 그에게 '참여 작가'라는 말은 '흰 백마'라는 말과 마찬가지로 동어반복이다. 작가 존재는 그 자체로 당연히 참여다.

국제 펜클럽 대회에서 한국 쪽 대표가 독재정권을 옹호하는 발언을 하자 연단으로 뚜벅뚜벅 걸어가 마이크를 뺏은 일도 있다. 그가 한국을 방문했을 때 어떤 기자가 당시 한참 유행하던 포스트모더니즘에 대해 어떻게 생각하느냐고 묻자 한심하다는 듯이 쳐다보던 일도 생각난다.

작가는 대중의 위에도 밖에도 있지 않고, 민주주의를 위해 허드렛일조차 마다하지 않는 '시민'의 한 사람일 따름이다. 그보다 앞서 노벨문학상을 받았던 주제 사라마구는 문학과 정치는 하나임을 그라스의 예를 들어 언급한다.

"그라스는 도덕적 용기를 보여 주었고, 그 점을 나는 깊이 경탄한다."

그라스는 "생동하는 현실로부터 유보적인 거리를 두는 여러 관념론이야말로 독일 시민사회의 원수"라고 잘라 말하기도 한다. 납덩이처럼 무거운 좌파 지식인의 생경한 언어를 겨냥하고 있다. 실천하지 않는다면 안다는 게 무슨 소용인가? 탁상공론은 무조건 멀리한다. 그러나 그는 어디까지나 개혁주의자이며, 바리케이드를 앞세운 채 혁명을 부르짖는 자는 아니다.

예술은 타협을 모르지만 정치는 타협을 먹고 산다.

타협과 행동 사이의 극심한 긴장을 견디는 자가 광대이며, 그런 자가 끝내는 세상을 변화시킨다는 것이다. 그가 빌리 브란트를 자신의 정치 선생으로 여기고, 지속해서 사민당 노선에 동조했던 것은 이런 이유에서다.

보다 큰 틀에서 그라스는 괴테의 뒤를 잇는 '후기 계몽주의자'를 자처했다. 물론 계몽은 대중에 대한 교화나 훈시가 아니라 무지몽매한 사회를 조금이나마 밝게 하려는, 유럽 계몽주의의 점진적 개혁 사상이라는 커다란 맥락에서 이해되어야 한다.

《양파 껍질을 벗기며》《게걸음으로》

2차 대전이 일어날 무렵부터 《양철북》이 나오기까지 인생 편력을 고백한 그의 자서전은 출간 당시 커다란 논란을 불러일으켰다. 그가 열일곱 살 때 나치의 무장친위대에 잠시 복무했던 사실을 고백했기 때문이다. 보수언론의 선정적인 보도로 인해 독일 지식인 사회는 두 파로 나뉘어 격렬한 논쟁의 소용돌이에 빠졌다. 일부 황색언론은 귄터 그라스가 '고백'을 한 것이 아니라 '자백'을 했다며 악의적으로 선동하기까지 한다. 언론의 자유가 어느 정도 정착되고 정치, 경제적으로 안정된 것으로 보이는 독일에서도 극우 세력은 언제든 날뛸 만반의 준비를 하고 있는 셈이다. 그러나 이것은 난센스일 따름이다. 나치로부터 피해를 입었던 유대인이나 폴란드인 단체들이 오히려 그라스를 옹호하고 나섰던 것이다.

하지만 귄터 그라스는 다른 방식으로 그 시절을 반성하고 성찰한다. 양파 껍질을 벗기고 또 벗기며 되돌아보니, 당시에도 나치의 본성을 알고 저항한 친구들이 있었다. 그래서 나는 왜 몰랐던가? 나는 왜 보다 철저하게 의심하지 않았던가? 하고 묻고 또 묻는 것이《양파 껍질을 벗기며》라는 작품의 주된 흐름이다. 그러므로 고백했느니 않았느니 하는 것은 작품의 기본 구도를 이해하지 못한 피상적인 견해일 따름이다.

《양파 껍질을 벗기며》는 자신의 인생을 의심하고 또 의심하는 고백록이다. 자신의 성욕도 식욕도 창작 욕구도 있는 그대로 발가벗긴다. 막장 생활의 어려움도 전쟁 동안에 겪었던 두려움에 대해서도 그대로 밝힌다. 그러면서도 값싼 재료로 맛있는 요리를 만들고 흥에 겨워 춤추고, 신들린 듯 이야기를 풀어내는 낙천적인 이야기꾼의 존재를 우리는 만나게 된다.

이야기는 우리를 즐겁게 하고, 절망에서 희망으로 이끌어 가는 힘이 있다. 수천 개의 이야기가 대기 상태로 빼곡하게 들어차 있는 작가의 머릿속이야말로 독일 문화의 보고인 셈이다. 수다스러운 이야기쟁이는 수다를 멈추지 않는다.

독일 사회에서도 극우 세력의 움직임은 만만치 않다. 지금도 독일 방송들은 만에 하나 나치가 다시 등장할까 봐 경고하고 또 경고하는 프로그램을 지겹도록 반복한다. 독일 극우 세력이 어느 한 귀퉁이에서 끈질기게 살아 있다는 반증이다. 이들은 2차 대전에서 독일도 억울하게 당한 점이 있다는 식으로 여차하면 자신의 존재를 드러내려고 한다. 예컨대 1945년 1월 독일 피란민을 싣고 가던 구스틀로프 호가 러시아 잠수함의 공격을 받아 수천 명의 독일 민간인들이 희생당했던 사건을 이용해 극우 세력이 전범국가 독일을 옹호하려던 움직임이 있었다. 귄터 그라스는 그런 민감한 주제를 극우 세력에게 넘겨줄 수 없다며 구스틀로프 호의 침몰 원인을 거대한 역사의 맥락에서 재구성했는데, 그 작품이 《게걸음으로》다. 극우 세력의 기운을 싹부터 잘라 버리려는 작가의 기민한 대처였다.

잘나간다고 알려진 독일에서조차 민주주의의 정착은 힘겹다. 그 점을 그라스는 이렇게 표현한다.

> 지난 역사, 더 정확히 말해서 우리의 역사는 꽉 막힌 변기와도 같다. 우리는 씻고 또 씻지만, 똥물은 점점 더 높이 차오른다.

그러므로 지금도 북을 두드려야 하고, 소리를 질러 유리를 깨야 한다. 민주주의는 완성 상태에 머무르기 어렵다. 시시포스의 돌처럼 끊임없이 굴려 올려야 한다. 《양철북》의 5월 초원의 장면에서 오스카가 연단 밑에서 북을 두드려 파시스트의 군가를 왈츠로 바꾸어 놓는 장면에서 보듯이 천국과 지옥의 경계는 순식간에 허물어진다. 끊임없이 각성하지 않으면 금방 넘어간다. 물론 사회의 커다란 흐름과 함께 민주주의의 적은 시시각각 변한다. 말년에 그는 이렇게 시대를 진단한 적이 있다.

> 사람들은 민주주의의 적을 극우와 극좌, 이슬람이라고 말하지만 그렇지 않아요. 정작 우리로부터 자유의 내용물을 비워 내고 있는 것은 거대 기업과 은행들, 입법권을 쥐고 흔드는 정치권력이라는 사실이 증명되고 있어요.

작가 귄터 그라스는 문학을 온몸으로 살았던 민주주의의 교사였으며, 문학이 사회를 변혁할 힘을 가지고 있음을 증명한 작가였다. 그의 인생은 "피가 뚝뚝 흐르는 역사의 내장 속에서" 저항을 외치고 진흙을 주무르고 자판을 두드리며 고군분투한 삶이었다.

하지만 그에게 필요했던 것은 고작 이런 거였다. 담배, 완두콩, 종이 그리고 가끔 구입해야 하는 새 바지. 그리고 입식 책상, 진흙 상자, 회전 선반이 있는 작업실.

—

아침 풍경.

신도 여중 앞을 지나는데 웬 여학생이 멈추어 서서 내 쪽을 보고 두 손 활짝 펴 살랑살랑 좌우로 흔든다. 뒤를 돌아보니 또 다른 여학생이 환하게 웃으며 팔랑팔랑 뛰어온다. 둘이 나란히 팔짱을 끼고 학교로 들어간다.

낯선 타자에게 보내는 다정한 인사

《서동 시집》《오리엔탈리즘》

우리 시대의 하늘엔 먹구름이 잔뜩 끼었지만, 어젯밤엔 눈이 내렸다. 첫눈이 내렸으니 오늘만큼은 차 한잔할래요, 아니면 막걸리 한잔할래요, 하고 누군가에게 연락하고 싶다. 이해타산과 이데올로기에 물들지 않은 순백의 마음, 자연의 마음을 누리고 싶다. 누군가에게 말을 건네고 싶다.

어젯밤 꿈결인가 잠결에 서울 사는 친구들이 모여 앉아 술잔을 나누다 보고 싶다며 전화를 했다. 날씨가 춥지만 그래서 더 일부러 모여 이야기꽃을 피우고 있노라고 약을 올렸다. 어두운 공간을 뚫고 밝은 목소리들이 전해져 왔다.

나 자신을 알기 어렵고, 우리의 이웃을 알기도 어렵다. 그래서 진정으로 이웃과 이야기를 나누고 싶은 거겠지. 그렇지 않으면 끝 모를 단절이다. 그 단절의 골짜기로 차가운 바람이 불면 우리는 갈래갈래 찢어져 허공으로 사라지고 만다. 소통 없이는 타자의 존재, 이웃의 존재, 이웃 나라의 존재는 우리와 아무 상관없는 그림자일 뿐이다. 학생 때 얌전하게 보이던 여학생, 또는 입바른 소리 잘하던 여학생이 극우 인사가 되어 있는 걸 보고는 깜짝 놀라곤 한다. 순하게 보이더니 무슨 무슨 기관장이 되어 수백 수천의 가장을 가차 없이 내쫓는 일을 진두지휘도 하시고. 재기발랄한 문학소녀에서 지금은 태극기 부대를 적극 지원하는 분으로 화려하게 변신한 분도 계시고. 인간을 참 모르겠다. 제대로 안다는 건 신의 영역일 테지.

마키아벨리의《군주론》을 여러 번 정독했지만 이 고전이 인간 본성과 정치의 비열함을 통쾌하게 적나라하게 보여 주었는지는 의문이다. 또 다른 마키아벨리가 나타나 우리 시대의 속살을 명쾌하게 꿰뚫어 보는 걸작을 선보여 주시기를.

시인 괴테는 이렇게 말한다.

> 타자를 이해하기는 참으로 어렵다. 그러므로 타자를 참아내는 능력이라도 길러야 한다.

세계문학이라는 말을 처음으로 사용했던 세계시민주의자

괴테조차도 타자의 문제 앞에서는 이렇게 겸손할 수밖에. 타자를 진정으로 이해하기는 어렵고, 타자를 사랑한다는 것은 더더욱 어렵다는 것을 뼈저리게 느끼기 때문이리라. 괴테가 보기에 사랑의 본질은 무엇보다도 타자 속에서의 자기 확인이다. 연인 사이에 진정한 사랑의 본질은 상대의 존재 속에서 자신의 존재를 보는 데 있다.

남과 여, 동방과 서방의 만남을 노래하고 있는 《서동(西東) 시집》의 시구 전체는 이 점을 말하고 있다. 그러나 사랑의 운명은 고통이다. 타자를 위해, 사랑하는 이를 위해 자신을 온통 비워야 하므로 사랑은 고통의 연속일 뿐이다.

책 중에 가장 이상한 책은
사랑의 책이라.
내 그 책 꼼꼼히 읽어 보니
기쁨일랑 몇 쪽 안 되고,
책 전체가 고통이로다.

《서동 시집》에서 시인은 불꽃을 향해 뛰어드는 나방의 형상을 빌려 더 이상 어두운 그림자에 갇혀 있지 말고 모든 대립을 과감하게 극복하는 더 높은 결합을 이루라고 말한다. 그렇지 못하면 어두운 대지 위에서 우리 인생은 한낱 흐릿한 손님에 지나지 않게 된다는 것이다. 여기서 죽음이란 자신을 완전히 타자 속으로 몰입시킴이고, 자기희생이고, 궁극적인 사랑의 원리다.

첫눈이 내렸으므로 누군가와 한잔해야겠다. 《서동 시집》에서 사랑과 술과 노래는 하나로 연결되어 있다. 그 모두가 자기를 던지는 것이기 때문이다.

취한 자는 흥얼거리면서 비틀비틀 걸어가고,
적당히 마신 자는 노래하며 즐거워한다.

조금 더 마시고 조금 덜 마신다고 무슨 차이가 있겠는가. 첫눈 이야기를 하다 엉뚱하게 《서동 시집》으로 이어졌다. 내친김에 멋있다고 느꼈던 시구를 하나 더 인용하겠다.

사랑하는 자는 길을 잃지 않는다.

그러나 괴테가 염두에 둔 동방은, 혹은 동양은 과연 어디였던가? 동서양의 만남을 노래하고 있는 《서동 시집》에서 괴테는 이렇게 정답게 말한다.

낯선 이의 인사를 존중하라! 오랜 친구의 인사만큼 값진 것이니.

하인리히 하이네도《서동 시집》을 두고 "동양에 대한 서양의 인사"라고 느긋하게 읊조린다. 그러나 서구 자본주의의 들끓어 오르는 욕망 한가운데서 낯선 타자인 동양을 향해 보내는 이들 시인의 다정한 인사는 오히려 당혹스럽다. 서구인들의 기준으로 구획되고 굴절된 동양관을 분석하고 있는《오리엔탈리즘》의 저자인 에드워드 사이드의 문제의식은 여기에서 출발한다. 그는 책의 서두에서 카를 마르크스와 벤저민 디즈레일리의 말을 인용해 서구 지식인의 동양에 대한 뿌리 깊은 편견을 가차 없이 보여 준다.

마르크스의 눈에 비친 동양은 이렇다.

"그들은 스스로를 잘 대변할 수 없고, 다른 누군가에 의해 대변되어야 한다."

민족과 국가의 경계를 넘어 만국 프롤레타리아의 단결을 호소하고 계급해방을 앞장서 주장했던 마르크스의 동양관은 이처럼 일방적이다. 동양 세계 전체를 거칠게 타자화시키는 이러한 발언은 오리엔탈리즘의 전형적인 사례다.

또한 대영제국의 수상이었던 벤저민 디즈레일리도 동양의

식민화에 대한 포부를 이렇게 밝힌다.

"동양이라고 하는 것은 평생을 바쳐야 하는 사업이다."

에드워드 사이드는 서구의 학문과 정치를 상징하는 두 인물, 마르크스와 디즈레일리의 말을 첫머리에 인용함으로써 서구인들의 동양에 대한 편견의 정곡을 찌르고 있다. 이스라엘과 그 지원 세력인 서구 사회로부터 자기 민족이 당하고 있는 수난을 뼈저리게 체험한 팔레스타인 출신의 학자로서 사이드는 과연 이 시대에 동과 서의 화해라는 것이 가능하기나 한 것인지 묻고 있는 것이다.

그런 그에게 공감하며 동지로서 협력의 손을 내민 것은 현존하는 최고의 지휘자 중 한 사람이자 피아니스트인 다니엘 바렌보임이었다. 그는 유대인 출신이다. 두 사람 사이의 우정, 이스라엘과 팔레스타인 사이의 평화를 모색하려는 눈물겨운 시도는 아름답다.

1999년 그렇게 탄생한 것이 이스라엘과 아랍의 젊은 음악도들이 참여한 '서동 시집 오케스트라'다. 사이드와 바렌보임은 괴테가 페르시아의 시인 하피스에게서 영감을 받아 쓴 시집의 이름을 딴 오케스트라와 함께 해마다 음악 캠프를 열어 두 민족 젊은이들의 마음에 맺힌 적대감과 원한을 씻어 내려고 시도했다. 특히 2005년 무장 군인들이 공연장을 에워싼 채 팔레스

타인 자치 지구 라말라에서 진행되었던 연주는 지상의 폭력과 평화, 그 두 얼굴의 대비를 극명하게 보여 주는 장면이었다.

혈통과 국가를 넘어서는 그 어떤 보편성, 세계시민주의는 도대체 가능하기나 한 것인가? 그나저나 에드워드 사이드는 먼저 저세상으로 갔다. 책장에 꽂힌 그의 대작《오리엔탈리즘》이 눈에 띄면 마음 한편이 씁쓸해지곤 한다. 세계 평화? 국제 연대? 세계시민주의? 믿을 나라도 기댈 나라도 없다. 그래도 남북이 제일 가깝지. 자립자강.

—

해운대 재래시장 입구에 시락국밥집이 있다. 직접 키운 식재료로 만든 음식이어서 맛이 깔끔하다. 그래서 그런지 주방에서 일하는 주인아주머니도 왠지 늘 깔끔한 인상이었다. 어제 점심 때 벗들이 거기서 번개를 하고 있길래 나도 슬그머니 끼어들었다. 막걸리 한두 잔. 수다는 즐거워. 남들은 시끄러웠을지 모르겠다.

오늘은 내가 쏘겠다고 계산대로 갔더니 주인아주머니가 머뭇머뭇. 전에 내가 혼자 와서 국밥을 먹고는 지갑을 안 들고 와 그냥 가지 않았느냐고 하신다. 아차, 깜박 잊고 있었다.

아이쿠, 용서해 주세요, 하고 카드를 내밀었더니 전에 깜박했던 국밥값은 받지 않겠다며 그냥 빼 주신다. 참, 깔끔하고 상냥한 계산 방식이다. 망각은 깨우쳐 주었지만 혹시 너무 꼬장꼬장하다는 오해를 받을까 봐 손해는 조금 보고 말아 버리는 깔끔함. 날은 추워도 상냥한 분들은 곳곳에 있다.

시락국밥집을 나와 꽃집에서 흰 국화 한 다발을 샀다. 버스 타고 집으로. 어떤 할매가 양손에 보따리를 들고 힘겹게 내리는데, 정류장에서 기다리던 할배가 얼른 짐을 받아 들고 앞서 걸어간다. 멋진 부부네. 아름답다. 가슴 한편이 살짝 찌리릿.

인간이 인간에게 줄 수 있는 것

레마르크, 《개선문》

강추위가 조금 꺾인 오후. 슬렁슬렁 산책하다 동네 이디야로. 생사가 걸린 일인 양 격렬했던 순간들도 어느새 안갯속으로 흐릿하게 자취를 감추기 마련. 선도 악도 안갯속에서 하나가 되는 걸 테지. 이런 아득한 기분이 들 땐 친구와 한잔하며 수다 떠는 게 최고. 단골 술집 하나 정도는 있어야 든든하지. 부산에 '바보 막걸리'가 있다면 파리엔 사과 브랜디 '칼바도스'. 그 칼바도스를 사랑했던 무덤덤한 사내 라비크가 등장하는 레마르크의《개선문》.

개선문은 파리 시내 서북부인 샤를 드 골 광장에 위치하고 있다. 콩코르드 광장에서 일직선으로 2킬로미터쯤 뻗은 대로의 끝에 있는 샤를 드 골 광장은, 방사형으로 뻗은 열두 개의 도로가 별 같은 모양을 하고 있다고 해서 에투알 광장이라고도 불린다.

광장 한가운데 우뚝 솟은 개선문은 근현대사의 영예와 치욕이 서린 역사의 현장으로, 그 바로 아래에 설치된 무명용사의 묘에서는 연중 내내 불길이 타오른다. 영웅들의 업적을 아로새긴 개선문과 무명용사의 묘. 이 둘을 나란히 놓을 수 있는 균형 감각은 그 사회가 가진 문화적 저력에서 나오는 것이며, 역사는 강자와 승자들만의 것이 아니라는 사실을 명백하게 말해준다.

개선문은 1806년 아우스테를리츠 전투에서 개선한 나폴레옹의 명령으로 착공해 그가 죽은 뒤인 1836년에 완공되었고, 나폴레옹은 1840년 유배지인 세인트헬레나 섬에서 유해로 돌아와서야 비로소 개선문 아래를 지나게 되었다. 이후 파리를 점령한 독일군이 개선문을 통과하였고, 1944년 파리가 해방되자 드골이 다시 이 문을 지나 파리로 입성했던 거다. 이 소설의 시대적 배경인 제2차 세계대전 직전의 암울한 상황을 레마르크는 이렇게 묘사한다.

> 거인처럼 치솟은 개선문은 안개 속으로 자취를 감추며, 위로는 우울증에 빠진 하늘을 떠받들고, 밑으로는 무명용사

의 묘에서 창백하게 타오르는 불길을 지켜 주는 듯했다. 무명용사의 묘는 황량함 속에서 인류 최후의 묘지처럼 보였다.

2차 대전이 일어날 무렵에 파리의 시내 풍경은 불안과 절망으로 가득하며, 특히 여권과 증명서 없이 전전긍긍하고 있는 유럽의 피난민들은 그 어떤 희망도 위안도 없이 내던져져 있다. 레마르크의 소설《개선문》은 개선문 근처 몽마르트르의 싸구려 호텔에서 살아가는 망명자들의 이야기를 그린 작품이다. 파리의 망명객들은 승자가 되면 짐을 꾸려 돌아가고, 패자가 되면 다시 돌아온다. 호텔방에 걸린 액자 속 인물들도 그때마다 교체된다. 파시스트와 공화주의자는 번갈아 가며 호텔로 돌아온다.

베를린 종합병원에서 외과의로 활동하던 독일인 라비크는 게슈타포에 쫓기는 두 친구를 숨겨 주었다가 체포된다. 라비크의 애인인 시빌은 게슈타포인 하케의 고문으로 죽는다. 라비크는 강제수용소의 병원에서 탈출하여 파리로 망명하고, 불법 체류를 하며 대리 수술로 생계를 유지한다. 그는 신분이 드러나면 추방되었다가, 기회를 보아 다시 밀입국하기를 반복한다. '라비크'는 그의 세 번째 이름이다.

그에겐 살아 있다는 것, 그것만으로 충분했다. 목적도 미련도 없이 쫓기는 삶이지만 마음만은 넉넉하다. 라비크와 삼류배우인 조앙 마두의 운명적인 만남이 이루어진 알마교는 개선문에서 가장 가까운 센강의 다리다. 라비크와 조앙이 이 다리에서 처음 만나 마르소 거리를 따라 개선문 쪽으로 걸어가면서 소설이 시작된다. 파리의 모든 것이 낯설 수밖에 없는 라비크는 그 어떤 이데올로기에도 얽매이지 않는 순진무구한 팜므파탈 조앙 마두에게 친숙함을 느낀다. 조앙은 술을 마실 때면 술이 전부, 사랑할 때면 사랑이 전부, 절망할 때는 절망이 전부, 그리고 잊을 때면 모든 걸 잊는 그런 여자.

사랑에 눈을 뜬 라비크는 무언가 달라지고 갑자기 두 눈이 생긴다. 여자의 얼굴이 새로 보인다. 머릿속의 부드러운 불길이 여자를 비춘다. 사랑은 느낌이면서 또한 깨달음이라는 말이다. 허무의 안갯속에서 의미의 환한 햇살이 쏟아진다. 사랑의 축제를 위한 용기도 따라온다. 자신을 심하게 부려먹는 악덕 의사 뒤랑에게 평소보다 많은 돈을 달라고 요구해서 받아 내고 휴양지로 같이 떠나기도 한다. 불안의 시대에 사랑의 도피와 일탈은 사치가 아니라 평화이고 안전이고 기쁨이고 축제이다.

라비크에게 마음을 연 조앙도 이렇게 고백한다.

하루 종일, 사방에서 샘이 솟는 듯 무언가가 콸콸 흘러내렸어요. …… 저한테서 파란 싹이 돋고, 잎이 나고, 꽃이 피는 것 같았어요.

조앙은 라비크가 망명자인 줄도 모른 채 앙증맞고 소담한 아파트를, 앙증맞고 소박한 소시민의 생활을 원한다. 조앙과 라비크는 서로를 이해했을까? 조앙은 이렇게 말한다.

건배! 하지만 당신도 저를 이해하지 못하네요.

라비크가 대답한다.

대체 누가 이해를 하고 싶겠어? 바로 거기서 세상 모든 오해가 생겨나는데.

라비크의 불안한 파리 생활에 숨통을 트이게 하는 존재는 친구인 모로소프다. 그는 15년째 파리에 살고 있다. 1차 대전 때 러시아 피난민이 되었으며 자신이 황제 근위대에 근무했다거나 귀족 가문 출신이었다는 따위의 위선을 부리지 않는 정직한 사람이지만, 세상 물정에는 밝다. 모로소프는 라비크의 든든한 조력자로서 조앙 마두와의 사랑에 대해서도 라비크에게 조언한다.

> 할 수 있는 한 우린 남한테 친절해야 해. 우리도 나중에 살아가면서 범죄라는 걸 저지르게 마련이니까.

산다는 것은 다른 사람을 잡아먹는 것이고, 우리 모두는 서로를 잡아먹고 있기에 이따금씩 번쩍이는 선의의 불꽃을 내다버려선 안 된다는 것이다. 외과의사인 라비크의 눈에 조앙은 낯선 생명체에 불과하다. 그러나 따뜻한 느낌을 주는 생명체다. 인간은 다른 인간에게 따뜻함 외에 무엇을 줄 수 있단 말인가.

마음속에 따스함이 없다면 그게 인간이겠는가? 인간이 서로 사랑하는 것, 그게 전부이고, 기적이면서 또한 이 세상에 있는 가장 자명한 것이다. 라비크는 처음에는 사랑의 감정을 순간의 도취, 빛을 발하는 고백이라고 생각했다. 그러나 빛이 숨바꼭질하고 있는 눈부신 구름들 사이로 갑자기 초록과 갈색으로 빛나는 대지를 내려다본 비행사처럼 그는 그 이상의 것을 본다. 황홀 속에서 헌신을, 도취 속에서 감정을, 요란한 말 속에서 소박한 신뢰를 본다. 사실을 보여 주는 것은 언제나 작은 것들이며, 결코 커다란 것들이 아니다. 커다란 것들은 연극적인 몸짓, 거짓의 유혹과 너무도 가깝다. 반면에 연인들이 재잘대는 것은 헌신과 감정과 신뢰의 징표다.

라비크와 같은 병원에서 일하는 간호사 외제니는 조앙과 정반대의 인물이다. 외제니는 자동인형 같은 존재이며 영원히 살아남는 부류의 인간이다. 외제니 쪽에서도 라비크를 경멸하는데, 그 결정적인 이유는 라비크가 아무것도 신성하게 여기지 않는다는 데 있다. 신성한 것이 깡그리 없어지고 나면 모든 게 더 인간적인 방식으로 다시 신성해지며, 소위 말하는 신앙은 곧잘 광신이 된다는 것을 외제니는 꿈에서도 알 수 없다.

창녀를 경멸하는 외제니를 보고 라비크는 반박한다. "진짜 매춘부란 남자와 자는 대가로 하루하루 힘들게 연명하는 여자들보다는, 남자와 자 본 적도 없는 여자들 중에 더 많은 법이오." 라비크는 외제니를 걸어 다니는 도덕 교과서 같은 년, 구역질나는 열녀 타령이라며 무시한다.

라비크를 고문했던 게슈타포인 하케, 라비크의 약점을 이용해 돈벌이를 하는 의사인 뒤랑도 외제니와 같은 계열의 인물들이다. 이들은 오히려 나약한 존재라서, 그 나약함을 감추기 위해 명분에 매달린다. 그들은 언젠가는 죽고 마는 인간의 삶을 똑바로 볼 수 없어 내세와 천국이라는 환상을 만들어 낸다. 진실을 회피하고, 그러한 관념에 자신을 묶어 둠으로써 노예의 삶을 산다. 그리고 그러한 삶을 타인에게 폭력적으로 강요한다. 그 폭력이 다른 사람의 소중하고 아름다운 일상을 망가뜨리고 만다는 것을 꿈에도 생각하지 못한다.

라비크에게 인간은 신성한 존재가 아니다. 몸으로서 인간이 가진 한계와 그것에 대한 자각이 뚜렷하다. 시인이건 반신(半神)이건 백치건 그가 누구든 두어 시간마다 천국에서 불려 내려와 오줌을 누어야 하는 존재다. 인간의 삶이란 분비선의 반사작용과 소화작용 위에 펼쳐진 낭만적인 무지개일 따름이다. 그 점을 라비크는 선명하게 보고 있다. 그 모든 위선을 거부한다.

그러나 라비크와 조앙 사이에 아슬아슬하게 사랑이 이어지는 와중에도 거대한 역사는 지평선에서 번갯불로 번뜩인다. 체코슬로바키아 국경에서는 돌발 사건들이 벌어지고, 독일군은 주데텐 전선을 침공하며, 뮌헨협정은 위기에 처한다.

라비크의 망명 생활에 푸근한 빛을 비추어 주는 것은 또한 소시민들과 나누는 다정한 대화 장면들이다. 조앙 마두와의 사랑, 모로소프와의 우정, 하케에 대한 복수라는 본줄거리가 진행되는 가운데 곳곳에서 펼쳐지는 작은 에피소드들은 이 소설을 더욱 풍성하게 한다. 읽다 보면 맛있는 반찬으로 가득한 밥상을 받은 느낌이다. 교통사고를 당한 후 살아남기 위해 보험

회사를 상대로 온갖 잔꾀를 생각해 내는 소년과 기쁨이며 안타까움을 같이 나누는 장면, 성병에 걸린 유곽 아가씨들과 격의 없는 대화를 나누고 억울하게 지불한 돈을 산파한테서 찾아주기까지 하는 의협심, 아침에 침대를 정리하는 아이하고 농담을 나누며 지폐를 건네는 장면, 환자가 떠나면서 주고 간 선물을 보고 좋아하는 간호사에 대한 따뜻한 시선, 고향으로 돌아가 카페를 차리고 결혼을 하겠다는 소박한 꿈에 젖어 있는 술집 마담과의 우정.

전쟁의 암운이 짙게 드리운 가운데서 주고받는 섬세한 인간적 배려. 배경은 어둡지만 그 장면을 채우는 아기자기한 이야기들은 따뜻한 기운으로 가득하다. 무명용사가 따로 있나. 여기에 등장하는 착한 인물들이 다 무명용사들 아닌가.

내면에서 솟구치는 사랑과 우정과 친절이 아니라, 주입된 이데올로기에 집착하면 그게 곧 물화된 삶이다. 라비크가 보기에 당대는 '통조림의 시대'다.

> 우리는 걸어 다니는 소파, 화장대, 금고, 임대 계약서, 월급쟁이, 냄비, 걸어 다니는 수세식 화장실이 되고 마는 거야. …… 걸어 다니는 당헌, 걸어 다니는 군수 공장, 걸어 다니는 맹아학교, 걸어 다니는 정신병원이지.

신문은 우리가 아무것도 생각할 필요가 없게 만든다. 만사는 미리 짜 놓은 것이고 미리 씹어 놓은 것이며 미리 느낀 것뿐이다. 열기만 하면 되는 통조림이다. 자기가 재배하고 길러서, 질문과 의심과 그리움의 불에 올려놓고 끓이는 일은 결코 없다. 편한 삶이 아니라 값싼 삶이다.

라비크의 친구인 모로소프는 라비크에 비해 낙천적이다. 카페에 느긋하게 앉아 세상에서 제일 아름다운 거리를 바라보며, 아름다운 저녁을 찬양하고 절망이란 놈의 낯짝에 침이나 뱉으라고 일갈한다. 모로소프는 정치 과잉의 현상을 시대의 징후로 보고 경멸한다. 우리는 사랑의 영역에서는 큰소리 내는 걸 두려워하지만, 정치 영역에서는 너무도 큰소리를 내고 있다는 것이다. 모로소프가 보기에 이 시대는 '화폐 위조범의 시대'다. 놈들은 무기 공장을 세우면서 평화를 원하기 때문이라는 구실을 대며, 강제수용소를 만드는 건 진리를 사랑하기 때문이라고 말한다. 정의는 모든 당파적인 발광을 덮어 주는 가면이 되었고, 정치 깡패들은 구세주가 되었으며, 자유는 모든 권력 욕구를 변호하는 큰소리가 되고 말았다. 위조지폐! 정신의 위조지폐! 사기 선전이고 조잡한 마키아벨리즘이며, 암흑세계의 손아귀에서 놀아나는 관념주의다.

개선문

카페 푸케는 1901년 루이 푸케가 문을 연 후 샹젤리제 거리의 명물이 되었고, 2차 대전 후엔 《개선문》 덕택에 더 유명해졌다. 라비크가 게슈타포인 하케를 발견하는 것은 이 카페에서다. 소설의 끝에서 라비크는 모로소프에게 전쟁이 끝나면 이 카페에서 다시 만나자고 한다. 그러자 모로소프는 카페의 어떤 쪽, 그러니까 샹젤리제 거리 쪽인지 조르주 5세 거리 쪽인지 되묻는다. 다정한 친구를 가졌던 사람은 잘 안다. 만에 하나 만나지 못할까 안타까워하는 심정을 충분히 짐작할 수 있다.

레마르크는 푸케에 올 때면 늘 같은 자리에 앉았다고 한다. 샹젤리제 거리와 조르주 5세 거리가 만나는 모퉁이 쪽 테라스, 개선문이 바로 내다보이는 자리가 그의 지정석이었다. 그러나 《개선문》의 두 친구, 라비크의 표현대로 하자면 영웅인 척하는 두 바보, 라비크와 모로소프는 전쟁이 끝나고 다시는 카페를 찾지 못한다. 문학과 현실은 이처럼 아득한 깊이에서 서로 만나고 서로 비껴간다.

레마르크는 갔지만 《개선문》은 남았고, 라비크와 조앙 마두의 사랑, 라비크와 모로소프의 우정은 따뜻한 불씨로 더욱 생생하게 살아남았다. 《개선문》은 사랑과 우정과 친절이야말로 인간성의 꺼질 수 없는 불길임을 증언하는 작품이다.

살아 있을 때와 죽을 때

레마르크, 《사랑할 때와 죽을 때》

《개선문》을 훌쩍 떠나기 섭섭하니까 이번에는 《사랑할 때와 죽을 때》 속으로.

전쟁문학의 대가 레마르크는 1916년, 뮌스터 대학에 다니던 열여덟 살에 제1차 세계대전에 참전했다 여러 차례 부상을 입고도 생지옥에서 살아남아 귀환했다. 잡다한 글을 쓰며 생계를 유지하는 등 별다른 주목을 받지 못하다가 1929년에 《서부전선 이상 없다》를 발표하면서 순식간에 세계적인 명성을 얻었다. 한마디로 대박! 1차 대전을 배경으로 한 병사들의 삶과 죽음과 전우애를 그린 이 소설은 참전 경험을 바탕으로 전쟁의 참혹함을 가까이에서 묘사한 반전소설의 대작이다.

귄터 그라스가 지난 20세기를 백 개의 장면으로 통 크게 정리하여 쓴《나의 세기》에 반전론자인 레마르크와 전쟁 예찬론자인 에른스트 윙어의 만남을 묘사한 장면이 나온다. 1960년대 중반 레마르크는 에른스트 윙어와의 대담에서 자신이 겪었던 1차 대전의 비극을 이렇게 묘사한다.

"철모는 훈련도 채 받지 못한 신병들로 구성된 보충대에겐 너무 컸기 때문에 계속 미끄러져 내렸지요. 그들의 앳된 얼굴에는 근심에 찬 입과 떨고 있는 턱의 모습이 역력했지요. 희극적이면서도 비참한 광경이었어요."

영국군에게 염소 가스를 사용했을 때의 비참한 광경에 대해서는 이렇게 말한다.

"며칠씩이나 질식에 시달리던 그들은 타 버린 폐를 조금씩 토해 냈어요. 가스 구름이 널따란 해파리처럼 모든 땅 밑바닥으로 가라앉게 되었거든요. 방독면을 너무 일찍 벗어 버린 자들도 화를 당했어요. …… 경험 없는 보충병이 언제나 그 희생이 되었지요."

에른스트 윙어는 이런 비참한 이야기를 듣고도 '강철비' 운운하며 전쟁의 필연성을 역설한다. 참, 그러고 보니까 이전에 국내에서 상영된 영화 〈강철비〉는 에른스트 윙어의 말에서 따온 것인가? 어쨌거나 두 대가는 악수도 하지 않고 헤어진다. 악수는 했던가. 완전히 다른 세계관을 가진 두 사나이의 만남을 담담히 기록한 귄터 그라스. 그것도 나의 세기, 우리의 세기였으니까.

1차 대전 후 독일에는 정당들이 마구잡이로 생겨나고 파업과 혁명, 쿠데타로 정부를 전복하려는 시도가 끊이지 않았다. 좌익과 우익 세력 할 것 없이 가혹한 조건의 강화조약을 체결한 정부를 격렬하게 비난하면서 바이마르 공화국의 권위는 형편없이 쪼그라들었다. 엎친 데 덮쳐 1929년 경제공황으로 경제는 되살아날 길 없는 늪으로 빠져들었고, 그런 암울한 시대를 배경으로 히틀러가 등장했던 거다.

독일인의 자존심을 세우겠다! 먹여 주겠다!고 선동하는 구호에 민주적인 바이마르 헌법을 자랑하던 독일 시민사회는 순식간에 이성을 잃고 말았다. 독일인들은 히틀러에게 권력을 몰아주었고, 충성을 다짐했다. 히틀러는 '합법적'으로 등장한 정권의 대표자였다. 그리하여 한 개인에서 시작되었던 광기는 온 나라로 퍼져 나갔고 국가 단위의 광기는 국경을 넘어 전 세계 차원의 전쟁으로 번져 나갔다. 정권을 장악한 히틀러는 민주공화국을 국가 폭력에 기초한 독재국가로 만들어 버렸고, 어떠한 저항도 잔인하게 진압하였다.

《서부전선 이상 없다》가 1차 대전에 참전했던 레마르크의 경험을 그리고 있는 작품이라면, 《사랑할 때와 죽을 때》는 2차 대전의 실상, 특히 러시아 전선에서 독일 병사들이 겪었던 참혹한 경험을 담고 있는 전쟁소설이다.

러시아 전선에 투입되었던 병장 그래버에게 2주간의 특별휴가가 주어진다. 전쟁 중이었지만 얼마나 설레었을까. 그러나 2년 만에 돌아온 고향은 연합군의 폭격으로 처참하게 무너진 폐허일 뿐이다. 부모의 생사를 찾아 헤매던 그는 학창 시절 동창이었던 엘리자베스를 만나 사랑에 빠진다.

한편 그래버의 친구 하나는 히틀러의 친위대 돌격 대장이 되어 있고, 자신의 은사는 그 친구에게 감시당하는 신세다. 부모의 생사도 확인하지 못한 채 휴가가 끝나 가고 주인공은 마지막으로 엘리자베스에게 청혼한다. 게슈타포의 감시 속에 두 사람은 일사천리로 결혼식을 진행하고 며칠간 천상의 행복을 누린다. 그래버는 다시 전선으로 복귀. 이어지는 러시아군과의 전투에서도 그래버는 끝까지 살아남는다.

그러다가 부대는 후방으로 후퇴하고 그래버에게는 포로를 감시하는 임무가 주어진다. 다시 러시아군의 대규모 공격이 시작되면서 전선은 순식간에 뒤로 밀린다. 그 와중에 친위대 병사인 슈타인브레너가 후퇴하기 전 포로들을 사살하려고 하지만, 그래버는 오히려 그 친위대 병사를 사살하고 만다. 민족보다는 인간이 먼저라는 거지. 포성이 가까워지고 그래버는 자물

쇠를 열어 포로들을 놓아준다. 러시아인 포로들은 서툰 독일어로 그래버에게 함께 가자고 권유하지만 그래버는 고개를 흔든다. 그리고 도망치던 포로들 중 하나가 그래버를 향해 총을 쏘고 그래버는 쓰러진다.

《사랑할 때와 죽을 때》는 영어와 네덜란드, 그리고 스웨덴어판이 먼저 출간되었다. 그러고 나서 키펜호이머&비치 출판사에서 독일어로 출판되었는데, 어찌 된 셈인지 나중에 나온 독일어판에서는 레마르크가 넘긴 원본의 내용이 상당 부분 수정되어 있었다. 게다가 열 쪽 정도는 완전히 삭제되었다! 이에 대해 〈디 벨트〉지는 1954년 10월 16일 자에서 이렇게 비판한다. "개선의 가능성도, 교육의 가능성도 없는 사람들을 화나게 할 수도 있는 부분들이 삭제되었다."

참혹한 전쟁을 겪고도 제대로 정신 차리지 못한 무지몽매한 시민들의 눈치를 보느라 출판사가 스스로 검열했다는 것이다. 서독의 경제적 번영이 본격화되던 아데나워 시대의 독일 시민사회가 전쟁 후에도, 냉전 이데올로기 뒤에 숨어 독일의 범죄를 은폐하려 했던 것이다. 〈베르너 분트〉지는 보다 구체적으로 지적한다. "이전의 독일 병사들이 마음에 상처를 느낄 구절들을 삭제했다."

레마르크가 날카롭게 문제 제기한 장면들을 평퍼짐하게 중화시킨 이러한 검열은 레마르크의 원래 의도와는 전혀 다른 것이었다. 예를 들면 친위대 병사인 슈타인브레너가 강제수용소에 복무했던 사실이 삭제되었는데, 이것은 강제수용소라는 변명의 여지가 없는 범죄와 러시아와의 전쟁을 분리시키려는 의도일 수밖에 없다. 러시아와 벌인 전쟁은 국가 대 국가의 통상적인 전쟁일 뿐이다, 라는 논지이며, 나치 체제를 등장하게 한 독일 시민사회의 책임을 은폐하고 싶었던 것이다. 이처럼 독일의 당대 상황은 레마르크의 소설마저도 왜곡해 버렸고, 독일 시민사회의 책임을 철저하게 추궁하려 했던 레마르크의 의도는 중화되고 말았다.

과거사 청산이 제대로 이루어지지 못한 사회는 진실을 덮으려 하고, 올곧은 작가는 이에 저항하며 역사의 진실을 밝히려 한다. 그것이 작가의 존재 이유가 아니던가. 그렇다면 레마르크는 모든 것이 스러져 가는 가운데서 희망의 증거를 어디서 찾았던가?

엘리자베스는 그래버의 아이를 꼭 가지겠다면서 이렇게 말한다.

야만적인 인간들만 아이를 낳게 된다면 어찌 되겠어요?

소박한 여성의 소박한 말 같지만 거기에는 당대 독일 사회를 바라보는 작가의 착잡한 심정이 깃들어 있다. 2차 대전의 화약 냄새가 채 사라지기도 전에 역사 망각의 길로 접어들고 있는 독일 사회, 자욱한 안개 한가운데서 비틀거리고 있는 독일 시민사회에 대한 작가의 미움과 슬픔과 희망의 감정을 동시에 읽을 수 있다.

섣불리 희망을 말하고 있지는 않지만, 그래도 레마르크의 작품은 우리의 슬픔을 어루만져 주고 영혼을 단련해 주고 살아갈 희망과 힘을 준다. 참, 《사랑할 때와 죽을 때》의 원제는 '살아 있을 때와 죽을 때'다. 제목이 너무 무미건조하게 여겨졌던가. 미국인들이 영화로 만들면서 제목을 살짝 바꿨다. 내가 보기엔 원제가 더 화끈한 거 같은데.

—

부산의 극단 '일터' 대본집 중 재밌는 부분들을 다시 들추어 본다. 인상 깊었던 작품은 김기영이 쓴 〈국수집 남자 밥집 여자〉. 수정같이 맑고 섬세하고 단단하다.

희망버스 투쟁 때 조선소 앞 국수집을 배경으로 펼쳐지는 국수집 두 남자, 밥집 한 여자의 이야기. 구절구절 인간에 대한 배려가 넘친다. 국수집 남자 창수가 육수 하나를 끓이는 데도 지극정성을 다하는 것은 장사보다는 인간을 먼저 생각하기 때문이다. 창수와 달리 장사 안 된다고 희망버스 탓을 하던 밥집 여자. 순영은 조금씩 깨어난다. 그러면서 자신은 농성하는 노동자의 편도 그들을 포위하고 있는 경찰의 편도 아니라면서 이렇게 선언한다.

"나는 마 밥 편이다, 묵고 살자고 하는 일, 밥도 못 묵게 하는 거, 그거는 아이지."

©화덕헌

서로를 진정으로 알아보기까지는

귄터 그라스, 《라스트 댄스》

금정산 생명문화축전. 예년과 다름없이 북문에서 동문까지 금정산 일대에서 펼쳐진 열 개 팀의 춤 공연을 여섯 시간 정도 따라다니며 보았다. 김밥도 냠냠. 막걸리도 꼴깍꼴깍. 하늘은 무심히 푸르고 어디선가 불어오는 산바람은 선선하기만 하다. 춤꾼들의 거침없는 몸짓은 허공과 공허를 뚫고 우리의 무뎌진 감각과 정신을 일깨운다.

지난 몇 달 동안 촛불 시위를 노래와 몸짓으로 기세 북돋우며 이끌어 갔던 것도 그들 예술가들이었다. 알아주지 않아도 당당한 그들이다. 누가 뭐래도 이들 예술가들은 저항의 전위이며 시대정신의 새벽이다. 공연 뒤에 이어지는 화끈한 뒤풀이에 1차, 2차까지만 참석했다가 오래 살고 싶어 살짝 도망 나왔다.

도망 나왔다기보다는 이글거리는 그 열정의 자장 밖으로 튕겨 나왔다.

독일의 작가 귄터 그라스도 생전에 춤추기를 즐겼던 분이다. 내친김에 그분의 잘 알려지지 않은 시집 하나를 소개한다. 그에게 춤이란 무엇인가? 우리에게 왈츠란 무언가?

귄터 그라스의 소설《나의 세기》에 보면《양철북》이 출간된 후 출판기념식장에서 그가 아내인 안나 슈바르츠와 춤추었던 장면을 돌아보는 이야기가 나온다. 평론가들은 떠들썩하게 그라스의 성공을 축하하고 있고, 수천 명의 참가자들이 수다 떨고 있는 와중에 그라스는 한쪽 구석에서 발레리나 출신인 안나와 함께 발바닥이 뜨거워질 정도로 열심히 춤만 추고 있다. 음악 소리와 심장박동 소리가 주변에서 웅성거리는 소음들을 압도하고, 부부에게 날개를 달아 주어 무중력의 상태로 빠져들게 한다. 이제 유명 인사가 된 작가가 쏟아지는 말들과 의례적인 사교 관계라는 번잡함을 피하고 싶어서 그랬으리라는 것은 짐작이 간다. 세속의 평가와 무관하게 단번에 핵심으로 들어가려는 그의 기질을 엿볼 수 있는 장면이다.

중력과도 같이 정신과 몸을 끌어당기는 기득권이나 고정된 시각에 갇혀 있는 한 객관적인 자기 성찰은 불가능하다. 20세기 초반부터 중반에 걸친 독일 사회의 모순 구조를 형상화하고 있는《양철북》이 반어와 역설과 풍자로 가득한 것은 그 때문이며, 이후의 작품들도 그러한 기조를 크게 벗어나지 않는다. 나치 정권의 광기 어린 행태를 정치적인 관점에서 묘사하기보다는 소시민들의 일상에 도사리고 있는 야만성을 폭로하는 방식을 택한다. 그에 따르면 일상 속의 파시즘은 거의 치유가 불가능하며, 독일 역사에서 끈질기게 그 생명력을 이어 가고 있다. 소시민 의식 때문에 전체주의가 닥쳤고 그 결과 참혹한 고통을 겪었는데도, 소시민 의식과 물신주의가 보란 듯이 다시 고개를 드는 것이다.

성에 대한 묘사가 자주 나타나는 것도 그러한 모순 구조의 끈질긴 생명력과 연관되어 있다. 이를테면 오스카가 마리아와 사랑을 나누는 장면에서 오스카는 자신의 성기를 다음처럼 묘사한다. "그것은 내가 누워 있는데도 일어섰다. 그것은 읽지도 못하면서 내 대신 서명했다. …… 나는 그것을 씻는데 그것은 나를 더럽힌다"는 식이다. 노골적인 성 묘사 장면이 소시민적 정치의식이 초래하는 역설적인 상황을 비유하고 있다는 것을 눈여겨보아야 한다.

2004년에 출간된 그의 시집《라스트 댄스》는 그의 이러한 생각을 또 다른 각도에서 보여 준다. 〈눈 깜박할 동안의 행복〉에서 그는 이렇게 말한다.

물구나무서서 식구들의 머릿수를 헤아리다 알았다,

다들 빠짐없이 모여 있다는 것을.

내 주위로 반원을 그리며 둘러선 식구들은

겁에 질려 할 말을 잃은 채 어쩔 줄 모른다.

아버지가, 머리 허연 노인네가

지금 막 성공한 뭔가를 보여 주겠다니까.

일흔에, 일흔다섯 나이에

궁둥이를 높이, 다리는 구부정하게 들고서

바닥으로부터 나는 본다.

하나같이 잘 자란

손자 손녀들을,

아들딸은 단정하고

다들 머리를 위로 하고 있으니

세계는 정상인가 보다.

그 또한 놀랄 만한 일, 내가 머리를 아래로 향하고 있는 한.

그러나 다음 순간, 흔들린다. 그냥 한번 큰소리쳐 본 것이었던가.

눈 깜박할 사이였지만

거꾸로 설 수 있어 나는 행복했다.

혈육인 가족의 존재마저도 뒤집어서 보지 않으면 까마득히 잊고 사는 세상! 똑바로 서 있는 자세에서 볼 때는 그 식구들이 머리 하나씩 갖고 있다는 생각조차 하지 못한다. 그러나 물구나무서고 있는 자세에서 자신이 고통을 느끼니까 비로소 자기 머리가 하나밖에 없다고 자각하게 되고, 또 그때서야 비로소 다른 사람들도 하나밖에 없는 소중한 머리를 가지고 있다는 사실을 새삼 깨닫게 된다는 것이다. 아무 일도 없다는 듯 굳게 문을 닫고 있는 감옥! 그러므로 세상을 물구나무선 자세로 볼 수 있는 그 순간만은 감옥의 문을 열어젖히는 행복한 순간이라는 것이다.

뒤집어서 세상 보기! 그에게 행복이란 뒤집어서 세상을 보면서 상대의 존재를 느끼는 순간이다. 동굴의 우상과 일상의 침묵에 저항하는 이러한 치열한 몸부림은 노작가가 여전히 짊어지고 갈 운명이었다.

그의 자유분방하고 도전적인 몸짓은 곳곳에서 오해를 불러일으킨다. 전후 독일의 책임 문제라는 도덕적 중압에서 벗어나 독일인 자신의 피해에 대해서도 새롭게 성찰하려는 의도에서 《게걸음으로》를 집필한 뒤, 그는 그 무거운 주제에 시달렸던 몸과 마음을 가볍게 하기 위해 이 시집을 썼노라고 말한다.

가라앉아 버린 배와
아직도 울리고 있는 비명을
책으로 요약하고 나자, 나는
흥을 돋워 줄
무언가를 만들고 싶어졌다.
그래서 묵은 냄새를 풍기는
축축한 찰흙의 형상을,
움직이는, 안이 비어 있는,
남녀를 빚었다. 두려움
너머에서, 공간을 채우며
춤추는 한 쌍을.

그런데 이《라스트 댄스》에는 춤추는 남녀의 모습뿐만 아니라 갖가지 요란한 체위로 성교하고 있는 남녀를 묘사한 스케치들이 잔뜩 들어 있다. 이것을 두고 〈슈피겔〉지의 기자가 그 남녀들이 행복해 보이지는 않는다고 은근히 일침을 놓자, 그라스는 춤추고 성교하고 있는 그 남녀는 온전한 제정신이다, 라며 반박한다. 알게 모르게 성을 억압하는 도덕적 권위주의가 제정신인지, 아니면 몸의 생명력과 그 꿈틀거림을 있는 그대로 알아보고 받아들이는 것이 제정신인지를 되묻고 있는 것이다. 다시 기자가 그라스의 작품들에 나오는 노골적인 성 묘사가 젊은 독자들의 상상력에 부정적인 영향을 주지 않겠느냐고 물고 늘어진다. 독일의 지식인들이 즐겨 읽는 대표적인 시사 주간지의 기자로서는 충분히 할 수 있는 물음이다. 그라스는 대답한다.

"문학이 현실을 바꿀 수 있느냐 하는 문제는 종종 논의가 되는 일입니다. 그러니 나도 적절한 예를 들어 설명드리지요. 언젠가 낭송회를 마치고 나니 오십 중반의 남자가 다가와서 말하기를 나에게 고맙다고 하더군요. 왜냐하면 그가 열여섯 살에 어쩌다가 내 소설《고양이와 쥐》를 읽었는데, 덕분에 이후로는 훨씬 즐겁게 자위를 할 수 있었다고 말입니다."

문학이 현실에 영향을 주느냐 마느냐 하는 둥의 소모적인 관념의 유희를 가차 없이 비판하고, 도덕적, 형이상학적 관념의 틀에 갇혀 입씨름하는 우물 안 개구리들을 조롱하는 발언이다. 성의 문제도 정치의 영역과 마찬가지로 편견 없는 열린 시각에서 보아야 마땅하다는 것이다.

이처럼 그라스라는, 예술가는, 실체 없는 관념의 억압을 돌파하면서 그 억압의 본질을 드러낸다. 다시 말해 그라스가《라스트 댄스》에서 춤을 바라보는 시선은 무중력의 장에서 중력의 장으로 돌진해 들어가 파괴하고 해체하는 시선이자 몸짓이며 경쾌한 발걸음이다.

물론 그라스가 모든 춤을 사랑하는 것은 아니다. 시대의 흐름과 동떨어진 생명력 없는 춤은 춤이 아니다. 〈한때는 왈츠가 유행이었지〉에서 그라스는 이렇게 말한다.

"4분의 3박자 비엔나 왈츠의 가벼움 혹은/ 몰락을 예고하는 달콤한 노래./ …… / 이따위 왈츠는 집어치우고 나는 즐거움을 찾아 나서네./ 짝 없이 벽에 기대서 손수건이나 구기고 있는 아가씨들 속으로./ …… / 낡은 유럽이여! 그토록 오랫동안 왈츠와 무기를 수출하더니/ 이제는 눈물이 앞을 가려 구경만 하고 있구나."

왈츠는 말하자면 메테르니히 반동 복고 시절을 기리는 춤의 형식이다. 그런 춤이 이 시대의 핵심에 가닿을 리는 없다. 그런데도 현실과 따로 노는 춤을 계속하더니, 마침내 미국이라는 강대국이 명분도 없이 이라크를 침공하는데도 속수무책 눈물만 흘리는 유럽 대륙의 무기력함을 자조하며 빗대어 말하고 있는 것이다.

시대정신을 잃어버린 춤은 결국 껍데기 몸짓에 지나지 않는다. 춤은 구체적이고 살아 있는 몸의 기억과 움직임과 소망을 담고 있어야 한다. 결국 이러한 춤은 자연의 율동과도 같이 시대정신을 몸짓으로 보여 주는 것이다. 〈눈 속의 춤〉은 그 점을 말하고 있다.

그토록 변덕스러운 날씨에도
나무들은 젖은 잿빛 속에 단단히 서 있었다.
오직 그뿐, 이 겨울은 아무것도 기억하지 않고,
눈이다, 눈이 온다!
동쪽에 또 서쪽에 눈이 내린다,
덮어서 같게 한다.
날씨대로라면 사회주의도
승리했을 텐데.
구름을 밀매하는 카헬만은
뉴스에서 말한 대로
사회주의의 예언가였다.
우리를 눈 속에서 춤추게 내버려 두라, 그래서
눈이 아직 지상에 머무는 동안만은
뽀드득거리는 흰빛 속에다 흔적을 남기도록.
흔적은 남는다, 남는다
일기 예보대로, 날이 풀릴 때까지는
동과 서가 다시 벌거벗고
외투도 벗어 버린 채로 서로를 알아볼 때까지는.
우리를 눈 속에서 춤추게 내버려 두라.

맹목적 이데올로기의 대립으로 빚어졌던 동서 대결, 사회주의 세력권의 몰락, 더불어 날로 방자해져 가는 미국의 패권주의를 꿰뚫어 보며, 그것이 이 시대의 고통이고 함께 건너가야 할 아득한 평원임을 말하고 있다. 서로를 진정으로 알아볼 때까지는 그 누구도 자신만이 옳다는 독단을 버려야 함은 물론이다.

동과 서가 자연의 심원한 깊이까지 들어가 서로를 만날 때까지 겸허한 태도로 기다리며 과거의 기억과 미래의 소망을 현재의 몸짓으로 풀어내는 것이 이 시대 춤에 주어진 운명이 아니겠느냐는 것이다.

우리는 어디로 가고 있는가

《파우스트》《사피엔스》

자고 일어나 보니 바둑 대회 소식이 눈에 띈다. 이세돌 9단이 알파고에 지고 나서 바둑 대회에 관심이 조금은 시들해진 것 같다. 사실 나도 초등학교 때부터 바둑을 알게 되어, 학교 공부한다고 밤샘한 적은 없어도 바둑 친구와 더불어 밤샘한 적은 부지기수다. 그래서 피시방에서 밤샘하는 청춘들이 이해가 간다. 하지만 지금은 바둑에 흥미를 잃었다. 바둑 잘 둔다고, 알파고가 제아무리 잘나도 무슨 역사의식이 있고, 자유와 평등과 형제애를 알겠는가. 인공지능이《파우스트》를,《토지》를,《카라마조프가의 형제들》을,《돈키호테》 같은 작품들을 쓸 수는 없는 거다. 인공지능이 제아무리 발전한들 인간의 자유혼은 결코 넘볼 수 없는 영역이다.

《파우스트》에서 파우스트 박사의 조수인 바그너는 과학적 지식, 도구적 이성을 숭상하는 인물이다. 발전에 발전을 거듭한 바그너는 마침내 지성만 있고 몸은 없는 인조인간 호문쿨루스를 만들어 낸다. 시험관 안에 보존된 인공지능! 이것은 컴퓨터 속에 인간의 마음, 즉 디지털 마음을 담으려는 과학의 미래를 예견한 것이 아닌가. 괴테의 상상력은 놀랍다. 괴테는 이득과 명예와 편리함을 좇는 바그너의 도구적 이성에서 근대과학의 전망과 한계를 짚어 본 게 아닐까.

파우스트와 메피스토펠레스는 인조인간 호문쿨루스의 안내를 받아 시공 저 너머로, 고대 그리스의 세계로 날아가고 거기서 고대의 유명한 인물들을 만나며 그리스 문명을 조감한다. 그들은 빅데이터의 무한한 바다를 항해하는 현대판 사이버 전사들의 선배인 셈이다. 악마인 메피스토펠레스조차도 그러한 인공지능의 위험성을 간파한 것일까. 이렇게 말한다.

결국 우리는 자기가 만든 인간들한테 얽매이는 거지요.

도구적 이성이 만든 결과물이 그 주인을 지배하는 상황에 대한 예언적 통찰이다.

괴테의 상상 속 호문쿨루스는 이제 시험관을 벗어나 현실로 걸어 나오는 것인가. 호모 사피엔스는 이제 생명공학적 신인류, 영원히 살 수 있는 사이보그로 자신을 대체하는 특이점의 단계에 들어섰다. 유발 하라리는 그 지점에서 인간의 운명을 불안한 시선으로 보고 있다.

희로애락을 담은 인간의 뇌까지 네트워크로 서로 연결된다면 그 거대한 뇌를 가진 존재는 누구인가. 그럴 때 지금의 나란 무엇이겠는가. 유발 하라리의 《사피엔스》가 보는 것은 이 지점이다. 자신에 의해 자신을 완전히 다른 차원의 존재로 변형시키는 호모 사피엔스의 끝없는 욕망.

7만 년 전 호모 사피엔스는 아프리카 한쪽 구석에 제한되어 있었지만 이제는 다른 경쟁 종들을 다 물리치고 지구 전체의 주인이자 생태계 파괴자가 되었다. 그것은 무엇보다도 집단 신화를 믿는 인간의 독특한 능력 때문에 가능했다. 수많은 사람들의 상상 속에 함께 존재하는 상호주관적인 실재, 말하자면 법과 돈, 신과 국가 들을 믿는 능력 덕분에 인간은 대규모로 유연하게 협력할 수 있었고 이것이 사피엔스의 성공 비결이라는 것이다.

그리하여 호모 사피엔스는 주위 환경을 굴복시키고 식량 생산을 늘리고 제국을 건설하고 광대한 교역망을 구축했다. 하지만 그렇게 해서 우리가 세상 고통의 총량을 조금이나마 줄이기나 한 것일까?

우리가 어디로 가고 있는지는 아무도 모른다. 또한 무책임하다. '물리법칙'만을 친구로 두고 있는 현대판 바그너, 그는 스스로를 신으로 만들면서 아무에게도 책임을 느끼지 않는다. 스스로 무엇을 원하는지도 모르는 채 불만스러워하는 무책임한 신들. 이보다 더 위험한 존재가 있을까? 인공지능의 인간 지배를 예견하는 유발 하라리. 호모 사피엔스는 도대체 무엇을 원하고 싶은 것일까? 그 욕망의 끝은 어딜까? 책은 여기서 끝난다.

과학혁명의 공로는 무지를 냉철하게 자각한 데 있었다. 이 혁명을 주도했던 서구인들은 모르는 부분을 공백으로 표시할 줄 알았다. 예컨대 지도에서 도달하지 못한 지역은 빈 공간으로 남겨 두며 다 안다고 생각하는 망상에서는 벗어났다. 하지만 그 무지의 영역에서 벗어나 조금이라도 알게 된 순간, 자기 앞에 나타난 영역을 곧장 자기 것으로 여겨 버린 오만함과 탐욕이 문제였다. 원주민과 그들을 둘러싼 자연은 어떻게 보아도 어떻게 다루어도 상관없는 피동체에 불과했다. 과학혁명의 결과는 결국 힘의 증대이자 무자비한 정복 전쟁이었다. 과학혁명을 주도했던 정신의 손에 호모 사피엔스 전체의 운명이 내맡겨져 버린 것이다.

괴테가 죽을힘을 다해 전모를 밝히려 했던 근대인간 파우스트의 운명은 결국 잿빛 인공지능의 손에 내맡겨진 것인가. 근대인간의 욕망, 그 마지막 단계는 마침내 사이보그와 무기체 생명에까지 이르는 것인가. 죽음을 없애고자 했던 고대 메소포타미아의 영웅 길가메시의 이름을 딴 '길가메시 프로젝트'. 과학혁명의 후속편인 생명공학 혁명은 이제 영구한 생명이라는 최종 목적지를 코앞에 두고 있다.

파우스트는 제1부에서 만나 죽자사자 사랑했던 그레트헨은 까맣게 잊고, 시공을 초월한 고대 그리스 불멸의 미녀 헬레네를 만날 생각에 다시 설렌다. 시공을 초월한 존재, 그것은 곧 사이보그이고, 무기체 생명의 존재가 아닌가. 욕망에는 시작도 없고 끝도 없다.

인간은 새로운 힘을 얻는 데는 극단적으로 유능하지만 이 같은 힘을 더 큰 행복으로 전환하는 데는 아주 미숙하다. 유발 하라리의 결론이다.

괴테는《파우스트》에서 이렇게 설파한다.

> 모든 이론은 잿빛이고 삶의 고귀한 나무는 영원히 푸르다네.

그 어떤 이론이든 생명을 대신할 수는 없는 법. 근대인간 파우스트의 욕망은 결국 잿빛 인공지능, 사이보그, 무기 생명체로 이어지는 것일까. 이렇게 《파우스트》와 《사피엔스》 사이를 왔다리 갔다리 하면서 이 밤에 궁상 떨고 있다.

참, 그저께 야무진 아주머니들의 독서 모임에 강연을 하러 갔는데, 《사피엔스》는 이미 다 읽었고 지금은 《호모 데우스》를 열심히 읽고 있다고 한다. 멋지다. 우리 사회 싱싱한 기운은 이렇게 눈에 안 보이는 데서 불어오는 법이다. 이런 아주머니들이 있어 세상이 이만큼이라도 깨어 있는 것일 테지. 산소 같은 아줌마들. 애들 교육은 이미 솔선수범하고 있는 셈이다.

—

길 건너 노모 집에 들러 떡국 한 그릇 얻어먹고 나와 엘리베이터를 탔는데 두어 층 밑에서 일고여덟 살 정도 되는 남자아이가 탄다. 점퍼 안에 태권도 도복을 입으셨네. 태권도 배우러 가나? 하고 물었더니 예! 하고 씩씩하게 대답한다. 다 내려와 꼬마가 쏜살같이 아파트 출입구 현관으로 달려가더니 유리문을 연 채로 잡고는 내가 나갈 때까지 기다려 주시네. 아이코 고맙다! 했더니 안녕히 가세요, 하고 인사까지 하고는 다른 방향으로 또 쏜살같이.

하늘이 내게 천사를 잠시 보여 주셨네. 우왕, 이런 장면 때문에 나는 허무주의자가 될 수 없다. 허무? 그딴 게 어딨어. 자기애에 빠진 망상이지. 책 열 권 읽은 거보다 흐뭇하네. 찡하네.

©장희창

청사포와 봄

만물과 더불어 봄을 이룬다

—

대학생 때 만났던 어떤 친구. 약속을 했는데 한 시간 정도 기다려도 안 와서 그냥 와 버렸다. 나중에 만났더니, 두어 시간밖에 안 늦었는데 안 기다리고 가 버렸다면서 나를 보고 도리어 화를 냈다. 아, 저렇게 생각할 수도 있구나. 대단히 인상 깊었다. 바쁜 세상, 쫓기지 않고 나름대로 시간을 제압하며 사는 괴짜였다. 오래 기억에 남는다. 그 느긋하던 친구, 지금은 어디서 무얼 하는지. '한국의 소로'라고 내 마음대로 별명을 붙여본다.

월든 호숫가에 오두막을 짓고 자연과 더불어 살았던 소로의 말이 기억난다.

"시간을 지키라. 기차 시간이 아니라 우주의 시간을 지키라."

바쁘게 야무지게 사는 분들 들으면 세상 물정 모르고 황당무계하다며 분통 터질 소리겠지만.

산들바람이 산들 부운–다. 아이코, 시원하다. 햇살 받아 살랑이는 이파리들. 동영상이 아니라도 살랑일 거 같아. 한 컷.

수업이 한 시부터라 산길로 놀면 놀면 출근하고 있다. 자가용 내뻐리고 많이 걷자. 기름값 아껴 막걸리 마시자.

살랑살랑 흔들흔들 끝없이 걸어가고 싶다.

©장희창

사람과 사람이 만날 때

헤밍웨이, 《노인과 바다》

동네 이디야 카페에서 나와 근처에 있는 국수집에서 잔치국수 한 그릇 하고 나면 배도 마음도 뿌듯하다. 국수 앞에 왜 잔치라는 말을 붙여 놓았는지 알 듯도 하다. 최근에 5백 원 올랐지만 그래도 4천5백 원. 소화도 시킬 겸 좀 걸어야지. 보통은 미포 오거리를 지나 동해남부선 폐선 부지 철길을 따라 청사포까지 걸어간다.

출렁거리는 바다가 코앞이다. 바다여, 바다여, 쉼 없이 되살아나는 바다여! 폴 발레리의 〈해변의 묘지〉에 나오는 시구던가. 홍얼홍얼. 나도 저렇게 싱싱하게 살아가고 싶다. 쏴쏴 파도소리에 잡념을 날려 버리고 싶다. 잠시나마 나를 잊고 옆길로 샌다는 건 얼마나 즐거운 일인가. 산도 푸르고 바다도 푸르네.

청사포에 도착할 즈음이면 철길 바로 옆에 청사포와봄이라는 카페가 있다. '청사포에 와 봄'이라는 소리도 되고 '청사포의 봄'이라는 소리이기도 하다. 깨살맞은 이름. 이전에 청사포 슈퍼 자리였다. 마을버스 정류장 바로 앞에 있던 오래된 벽돌집을 해운대 해변에서 폐품 재활용 가게를 운영하는 화덕헌 씨가 개조해 멋진 카페로 만들어 놓은 거다. 그곳에서 주민들은 차도 마시고 책도 읽는다. 폼도 잡는다. 거기서 나오면 청사포 바다가 바로 가까이에.

동해와 남해가 만나 부딪치며 소용돌이치는 곳이라 기가 생생하게 살아 있어 머릿속이 절로 시원해진다. 그곳을 걷다 보면 가끔 떠오르는 작가 헤밍웨이. 《노인과 바다》는 학생들과 같이 종종 읽어 보는 작품 중 하나다. 헤밍웨이가 살았던 멕시코만의 카리브해도 청사포 바다 못지않게 아름다운 곳일 테지.

거친 파도에 맞서 청새치를 잡으러 나간 노인. 다른 어부들은 바다를 이윤을 남기는 시장으로 보지만 산티아고 노인에게 바다는 만물이 어울려 살아가는 광활한 자연일 뿐이다. 다른 어부들은 욕심 없는 노인을 바보 취급한다. 그들은 '말짱한' 정신으로 이윤만을 추구한다. 그러나 노인은 자연과 삶 앞에서 공포가 아니라 감사함을 느끼는 '당당한' 인간이다.

곤경에 처해서도 쾌활함을 잃지 않는 정신. 청새치와 생사를 건 사투를 벌이지만 청새치를 미워하는 마음은 조금도 없다. 그 와중에도 다른 어부와는 달리 서로 뜻이 통하는 소년을 떠올린다. 물고기를 잡으러 배가 항구를 떠날 때는 밥도 챙겨 주는 사려 깊은 소년. 《노인과 바다》는 노인과 소년의 우정 이야기이기도 하다.

노인은 사투 끝에 청새치를 포획하지만 상어 떼한테 다 뜯기고 뼈다귀만 끌고 돌아온다. 푸짐한 결과와 이득이 남지 않은 삶은 헛수고에 불과한 것인가. 빈손으로 돌아온 노인은 소년에게 한마디 툭 던진다.

네가 보고 싶었다.

이 한마디 던지게 하려고 헤밍웨이는 노인과 청새치의 처절한 혈투를 미주알고주알 보여 주었던 게 아닐까. 노인과 아이 그리고 자연이 하나 되는 세상, 헤밍웨이는 그 지점을 보고 있다. 우정이란 끊임없이 솟아오르는 생산적이고 이타적인 충동의 건강한 발산이 아니겠는가. 그 뿌리는 물론 자연. 노인이 자주 꾸는 사자 꿈은 만물의 뿌리가 하나임을, 그 자연의 기운이 얼마나 힘찬가를 상징적으로 보여 준다.

그러니까 《노인과 바다》는 달리 말하면 '노인과 자연'인 셈이다. 헤밍웨이는 인간이 자연의 중심이라는 같잖은 생각을 가차 없이 걷어차 버린다. 괴테의 말을 빌리자면, 자연은 인간을 위해 거기에 있는 것이 아니다. 니체는 더 멋지게 말한다. 자연 '과' 인간이라고? 자연과 인간 사이에 어찌 감히 둘을 대등하게 연결시키는 '과'가 있을 수 있는가 하고 그는 반문한다.

며칠 후 새벽.

창이 덜커덕덜커덕. 윙윙 바람 소리 제법 거세다. 자연산 바람 소리 오랜만에 실감나게 듣는다. 자유연상. 출렁이는 카리브해를 배경으로 한《노인과 바다》. 자연아 헤밍웨이의 단편 중에 단 한 번 읽었는데도 그 강렬한 인상에 오래 잊히지 않는 것도 있다. 반 쪽 정도의 짧은 작품으로 배경은 바닷가 카페.

한 노인이 카페의 한쪽 구석에 앉아 있다. 실내는 어둑어둑. 노인이 앉은, 스탠드를 켜 놓은 테이블 위만 환하다. 스탠드의 전등에서 쏟아진 밝고 따뜻한 작은 동그라미. 그 앞에서 노인은 아무 말 없이 마냥 앉아 있다. 이게 내가 기억하고 있는 작품의 전부다. 줄거리도 없다. 그냥 앉아 있네. 제목도 모른다. 밝고 따뜻한 작은 동그라미, 정도의 제목이었을 거다. 바람은 불고 아무 일 없이 누웠는데 불현듯 그 장면이 스친다.

수다 떠느라 손가락으로 자판을 톡톡 두드리는데 또 다른 장면이 나도 불러 줘, 하고 손을 흔든다. 영화 〈닥터 지바고〉. 전쟁 동에 헤어진 연인. 남자가 추레한 복장으로 시골 어느 도서관으로 들어서는데, 그곳 안내 데스크에 앉아 있던 여자가 남자를 먼저 발견하고는 눈이 똥그래진다. 아이쿠, 눈이 와 저래 크노. 예기치 못했던 만남의 애틋함과 경이로움을 순간에 압축해 놓은 그 눈길, 참 인상 깊었다. 사랑하는 남녀가 극적으로 만난 것이기도 하지만 또한 인간이 인간을 만난 거지. 바람 소리 아직 윙윙. 또 다른 장면이 윙크도 하고 손도 흔들며 지나가지만 못 본 척.

아니, 이 장면만은 남기고 싶네. 수다는 수다를 낳는다. 해직 시절, 시간도 많은지라 대학에 근무하는 어떤 술꾼을 찾아갔다. 문을 똑똑 두드렸더니 얼굴을 빼곡 내미시길래 "안 바뿌요?" 했더니 곧바로 대답이 돌아왔다. "이보다 더 바쁜 일 어딨능교?" 가까이에 있는 재래시장 막걸리집으로 바삐 가는 두 사내가 보이네.

—

그의 책을 열었다. 문을 열고 들어서니 예상 밖으로 환하다. 조금은 어둑어둑할 줄 알았는데 툭 트인 세상이다. 소설가 정태규의《당신은 모를 것이다》를 만났다. 내 페친이 멋진 소설을 썼다니 당근 만나 봐야지.

루게릭병이라는 육신의 감옥에 갇혀 호흡기를 단 채 꼼짝도 못하고 침대에 누워 시름시름 앓고 있는 줄만 알았더니 웬걸, 우리의 작가는 때로는 환하게 웃고 때로는 지긋이 관조하고 심지어는 벌컥 신경질도 낸다. 안구 마우스로 쓴, 언어 저 너머의 역경 속에서 쓴 작품인데도 곳곳에서 킥킥 웃음이 나오게 한다. 나는 그런 장면들이 좋다. 가령 혼수상태에서 깨어난 작가를 보고 담당 의사가 "정신이 드십니까? 일시적인 하트 어택이었습니다. 심장마비였다고요" 하고 버터 바른 소리를 하자 작가는 들리지 않는데도 마구 소리친다. "안다. 씨발놈아, 영어 쓰지 마라." 이 장면에서 나는 빵- 터졌다.

글쓰기가 뭐냐고 묻는 사람들에게 작가는 무덤덤하게 대답한다. 소설 쓰기는 제법 진지한 혼자 놀기이고 살아 있는 느낌, 아픔과 슬픔 들을 교감하는 일이라고. 여유만만하다. 친구들이 놀러 와도 안구 마우스로 오히려 그들을 웃게 만든다. 그 장난기 넘치는 도도한 기백이 난 좋다.

소설은 상처받은 영혼을 어루만져 주고, 진실한 영혼이 경박한 현실에 지쳐 쓰러지지 않게 받쳐 주는 힘이라고 믿으며 문학을 택했던 작가. 작가가 인용한 헤밍웨이의 말을 다시 인용해 본다.

"인간은 패배하도록 만들어지지 않았다."

이런 의문은 남는다. 도대체 나는 문을 열고 들어간 것인가? 더 넓은 세상 밖으로 나간 것인가?

건투를 빈다, 나의 의지여!

니체, 《차라투스트라는 이렇게 말했다》

합천 해인사에 왔다. 팔만대장경 냄새라도 맡고 싶었다. 막걸리 냄새도 쪼금. 젊은 시절 아른아른 내 꿈은 대장경의 세계와 친해지는 거였다. 그러나 이런저런 같잖은 핑계와 곡절과 게으름으로 이루어지지는 못했다. 한 가지 느낀 건 있다. 저 대장경 판각들의 정신은 자비와 절대 평등의 정신이며, 그건 지난해 광장에서 타올랐던 촛불의 정신과 일맥상통한다는 것.

촛불 시민이 닭도 잡고 쥐도 잡았으니 나는 이제 '나'라도 잡아야겠다. 어쩌다 빠져든 어스름한 독문학의 동네. 청춘들에게 그 일부나마 조금 소개하고 사라지는 거, 그게 나에게 남은 일이겠지. 어, 이거 와 이래 심각하지? 뭐 잘못 묵었나? 해인사 골방, 참 조용하다. 바닥도 따뜻하네.

내가 번역한 책 중에 니체의 《차라투스트라는 이렇게 말했다》가 있다. 2004년 출간되어 내 막걸리값에 상당히 기여했다. 《차라투스트라는 이렇게 말했다》가 번역자의 막걸리값이 될 줄을 철학자 니체가 어떻게 아셨겠는가. 실은 니체는 딸랑딸랑 동전 헤아리는 시장 바닥의 속물들을 말종 인간이라며 가장 싫어했다. 월급깨나 받는다고 돈깨나 만진다고 안주해 사는 인간들이다. 동전 딸랑거리는 소리에서 그들은 행복을 찾는다.

속인들의 평가에 아랑곳하지 않고 자기의 길을 가며 자신의 가치를 창조한다는 건 어려운 일이다. 니체가 말하는 초인은 슈퍼맨이 아니라 이런 유의 인간이다. 역사적으로 보면 수백 수천 년 동안 제 갈 길을 찾지 못하던 인간의 의지를 새로운 궤도 위에 올려놓기 위해 과감하게 매듭짓는 선구자. 니체는 나폴레옹이나 미라보 같은 인간을 초인의 예로 들었다.

촛불 집회의 서막을 여는 예술가들의 공연을 보노라면 그들이야말로 이 시대 새로운 가치를 만들어 가는 주인이라는 생각이 들었다. 그들은 건강한 시민정신인 아폴론과 뜨거운 예술혼인 디오니소스의 소용돌이치는 결합의 순간을 창조해 낸다. 흥겨운 춤사위는 촛불의 현장을 축제로 승화시키곤 했다.

물론 허둥지둥 어중이떠중이로 살아가는 것이 우리의 일상이다. 뭐, 그러면 어떤가. 못난 자기도 좀 챙겨 주자. 무엇에 쫓기는지도 모른 채 머리 들어 하늘 한 번 쳐다보는 일도 드물다. 크고 작은 목표와 목적 그리고 의무감에 짓눌려 산다. 이것이 노예의 삶이 아니고 무엇이겠는가.

니체는 해 뜨기 전의 하늘을 보고 이렇게 말한다.

그대의 높이로 나를 던져 올리는 것, 그것이 나의 깊이다! 그대의 맑고 맑음 속에 나를 숨기는 것, 그것이 나의 순진 무구함이다.

하늘을 향해 오랜 친구이기라도 한 것처럼 툭툭 말을 건넨다. 나 원 참. 통 크시네. 높이와 깊이가 하나로 뭉개진다. 소용돌이치는 수사법의 대가. 자유자재 경쾌한 관점의 변화. 냉탕 온탕 후다닥 순간 이동. 꼬물거리지 않고 툭툭 던져 버린다. 그러면 꼬물거리고 있던 것들이 투두둑 다 터져 버린다. 그 속도감, 박진감에 빠지면 책을 읽는 것이 한결 쉽다.

독자로서 나는 특히 그의 문체에 이끌렸다. 건강한 웃음과 장난기와 당당한 걸음과 거침없는 완력. 그 탄탄한 조직 속으로 뚫고 들어가 새로이 휘젓고 거센 흐름에 몸을 던져 내 것으로 흡수하지 않으면 튕겨나 버린다. 니체는 제노바와 니스, 엥가딘 고지(高地) 들을 방랑하면서 시상과 영감이 떠오를 때마다 그 자리에서 휘갈겨 메모를 하곤 했다. 시인 김수영이 그러지 않았던가. 시는 온몸으로 온몸을 밀고 나가는 것이라고.

강요된 도덕과 윤리, 선악의 꾀죄죄한 지평을 마구 휘젓고 형이상학의 독단을 때려 부수고 그 폐허 위를 뚜벅뚜벅 걸어가며 20세기 사상사의 새벽을 호방하게 열어젖힌 거인 니체. 미지의 영역이었던 인간 무의식의 어두운 충동 세계를 대낮 한가운데로 폭포수처럼 쏟아붓고 있는 거침없는 정신. 악의 가치도 선의 가치도 편견 없이 꿰뚫어 보는 흔들림 없는 시선은 이 작품의 문체에 시종일관 팽팽한 긴장감을 불어넣는다.

"피로 써라. 그러면 그대는 피가 곧 정신임을 알게 되리라."

뒤집어 보고 조롱하고 가벼이 뛰어넘고 유희하면서 새로 시작하고, 새로운 가치들과 가치 평가의 주인이 되는 삶. 그것이 니체가 말하는 건강한 삶이다. 근육의 강력함이 아니라 시시각각 탄력적으로 관점을 바꾸어 볼 수 있는 능력, 고정된 존재의 관점에서 출렁이는 생성의 관점으로 순간 이동할 수 있는 능력이 건강의 기준인 것이다.

이렇듯 관점이 마구 뒤바뀌는 소용돌이 현장을 확 낚아채는 절묘한 표현들이 무더기무더기로 들이닥친다. 풍자와 역설과 조롱이 넘실거린다. "신은 죽었다!"라는 유명한 선언. 이어서 그것을 변주하는 문장들이 줄줄이 이어진다. 예컨대 결혼식장에서 신의 가호를 비는 것에 대한 조롱. "자신이 짝을 지어 주지 않았으면서도 축복을 내리기 위해 절뚝거리며 다가오는 신 또한 나에게서 멀리 떨어져 있어라!" 이분, 왜 이리 웃기는가.

니체가 보기에 인간은 근본적으로 충동이며 본능이며 무지이고 근거 없음이다. 니체는 무엇보다도 그 무의식의 본격적인 발견자였다. 프로이트에 앞서 무의식의 세계를 집중 탐사했다.

세계는 깊다. 낮이 생각했던 것보다 더 깊다.

그는 사나운 들개, 맹수, 내면의 짐승 들을 비유로 들며 그 어둠의 세계를 밝은 곳으로 드러낸다. 인간 무의식 속에서 들끓어 오르는 욕망과 충동을 극복하고 인간이 동물에서 초인으로 이르는 자기극복의 과정을 끈질기게 추적한다. 무의식 속 야생의 들개를 극복하고 창공에서 자유로이 노래하고 춤추는 새로 태어나라는 것이다.

현대무용의 개척자 이사도라 던컨은 《차라투스트라는 이렇게 말했다》를 늘 가슴에 안고 다녔다고 한다. "한 번도 춤추지 않은 날은 잃어버린 날이다"라는 구절은 그의 좌우명이었다. 몸을 옭죄는 의상과 발을 기형으로 만드는 발레슈즈를 확 벗어 버리고 맨발로 춤추었던 그녀의 무대는 도발 그 자체였다.

새벽. 해 뜨기 전 하늘이 환하길래 '해 뜨기 전'이라는 장을 들여다보았다. 가차 없이 자유로운 영혼이 거기서 나, 여기 있다, 하고 사자후를 내지른다. 여기저기 뒤적뒤적. 오늘은 '무덤의 노래'가 눈에 띈다.

> 그렇다. 내게는 상처 입히지 못하는 것, 결코 파묻어 버릴 수 없는 것, 바위라도 뚫고 나오는 것이 있으니, 나의 의지가 그것이다. 이 의지는 말없이 변함없이 세월을 뚫고 뚜벅뚜벅 걸어간다. …… 가장 인내심 강한 자여, 그대는 언제나 거기 살아 있고 언제나 변함없다! 그대는 언제나 온갖 무덤을 뚫고 나왔다! …… 건투를 빈다, 나의 의지여! 무덤이 있는 곳에서만 부활이 있는 법이다.

자신의 의지를 향하여 건투를 빈다, 라고 말하는 이 능청. 뚜벅뚜벅 가차 없이 걸어간다.

요컨대 차라투스트라의 소망은 이렇다.

> 슬퍼하는 자 모두를 굳건한 땅 위에 튼튼한 두 발로 다시 서게 하는 것.

—

내 대학 후배들은 크게 둘로 나뉜다. 교수가 된 이들과 교수가 못 되고 강사 신분인 이들. 이상하게도 나는 교수보다는 강사 후배들이 더 친근하게 느껴졌다. 왜 그럴까. 갸우뚱. 착시 현상이 아닐까 하고 내 생각을 의심하기도 했다.

오늘 아침에 문득 아, 이거구나 하는 생각이 번뜩. 니체 전집 중 후배가 번역한 걸 읽는데 아니, 때로는 나비처럼 유유히 날고 때로는 어릿광대처럼 마구 조롱하고 때로는 거친 파도처럼 휘몰아치는 니체의 육성이 걸림 없이 고스란히 들리는 듯했다. 이럴 수가. 모든 의미에서 체제 밖의 인간인 니체의 섬세한 숨결을 체화하지 않곤 할 수 없는 유려한 번역. 고맙기 짝이 없네. 아, 그러고 보니 내 주위의 강사들, 평생을 대학 체제의 주변부에서 악전고투하는 후배들이 쓴 글이 상대적으로 잘 와닿는 데는 이유가 있었던 거다. 번역이든 글이든. 고통은 인간을 섬세하게 깊게 만든다. 오늘 새삼 깨닫는다.

—

오후 늦게 아들 집으로 온 노모가 걱정스럽게 한마디. "내 주변에서는 올림픽 때 북한이 인공기 들고 입장한다고 난리다. 인공기가 아이고 우리나라 지도를 그린 깃발이라캐도 아예 안 듣는다. 내가 마 외톨이다." 아니다 싶어 한마디 했다 집중 공세를 당하고는 열받은 낌새. 안 변했데이, 하고 고개를 절레절레.

며칠 후 다시 노모 집에 들렀다. 마침 도라지 뿌리를 다듬고 있어서 상큼한 도라지 냄새가 집 안 가득. 올림픽 얘기를 줄줄이 늘어놓는다. 삼지연 관현악단 공연 참 잘하더라고. 우리의 소원은 통일. 그 노래 들으니 절로 눈물 나더라고. 머리로는 잊고 있어도 몸은 알고 있는 거다. 그날을 기다리고 있는 거다.

올해 여든여덟. 금강산 구경도 시켜드리고 평양 모란봉 식당에서 냉면도 사드리고 싶다. 나도 꼽사리 끼어 평양냉면 먹어볼 거다. 희석 소주인 평양소주도 증류주인 룡성 소주도 꼴깍. 대동강 맥주하고 소맥도. 아침부터 소주 얘기했더니 발동 걸릴라 하네.

©장희창

마음의 움직임을 놓치는 자는

아우렐리우스, 《명상록》

지긋지긋한 분들하고도 느긋하게 하하 호호 잘 지내야 그 심보를 조금이라도 헤아릴 수 있을 텐데 내 얕은 뚝심으론 도저히 견딜 수 없다. 줄행랑. 안타깝네. 이것도 회피는 회피. 정면 대결하지 않고는 무슨 일도 제대로 해낼 수 없다.

누군가 페친 요청을 해 올 때 그분의 포스팅 내용을 살짝 보고는 '저쪽'이다 싶으면 아이코 나 살려, 하고 거부해 버린다. 일상 속 그의 세계를 알 수 있는 기회를 차단해 버리는 것이다. 아까운 시간 투자해 나와 생각이 다른 분들을 견디고 견뎌야 하는 걸까. 극우 인사들 말고 진보연 하는 일부 인사들도 마찬가지다. 평소 인간관계를 고려해 내 딴에는 참고 또 참지만 싫으면서도 참기만 하는 내 꼴도 우습긴 하다. 내색하지 않고 두

루두루 잘 지내는 분들 존경스럽다. 큰 틀에서 세상을 보는 눈이 일치하는 것처럼 보이긴 해도, 일상 속 자잘하지만 분열의 씨앗이 되는 차이를 견딘다는 건 또 다른 문제다.

스토아 철학자이자 로마제국의 황제였던 마르쿠스 아우렐리우스 안토니누스의 《명상록》은 내 이런 고민을 냉철하게 꿰뚫는다. "남에게 보이기 위한 글이 아니라 어려움에 부딪혔을 때 스스로 깨우쳐 올바른 길을 찾고자 했던 한 개인의 치열한 고뇌와 사색의 결과물이다." 많은 사람들의 마음을 뚫어 보면서도 정작 내가 누구인지는 모르지 않는가.

많은 구절들이 전쟁터 한가운데서 남긴 글이다. 로마제국의 제1인자가 양심적이고 실천적인 황제로 거듭나기 위해 끊임없이 자신을 채찍질했던 기록. 한 국가의 지도자로서 전선에 나가 전투를 지휘하면서도 끊임없이 자신을 성찰하는 시간을 갖고 그 생각들을 정리해 놓았다는 것 자체가 참으로 대단하다는 생각밖에 들지 않는다. 언제 죽을지 모른다는 죽음에 대한 두려움과 공포조차 이성으로 제압하고, 대신 자기 안을 들여다본 사람.

총 열두 장으로 되어 있는 이 책의 첫 번째 장은 자신에게 귀감이 되었던 선배들에 대한 고마움을 일일이 열거하고 있다. 인상 깊은 한 구절.

> 루스티쿠스 덕분에 나는 내 성격을 개신하고 손봐야 한다는 것을 알게 되고, 소피스트들을 흉내 내는 데 열 올리지 않고, 공허한 주제로 글을 쓰지 않고 금욕가나 박애주의자인 척하지 않고, 수사학과 시학과 교묘한 말을 멀리하게 되었다. …… 단순한 문체로 글을 쓰고, 책을 읽을 때는 정독을 하고 피상적인 사고로 만족하지 않고, 수다쟁이들에게 서둘러 동의하지 않게 되었다.

검소한 삶, 겸손한 영혼, 그 빛이 은은하게 비치는 글들이다. 이 세상에 자기 자신만의 것이라고 할 수 있는 건 얼마나 적은가. 몇 구절만 더 소개.

> 악한 사람이 악한 행동을 저지르지 않기를 기대하는 것은 미친 생각이다. …… 건강한 눈은 보이는 것은 모두 보아야 한다. '나는 푸른 것을 보고 싶다'는 식으로 말해서는 안 된다. 이런 말을 한다면 그는 이미 병들어 있는 것이다.

스토아 철학자다운 냉철한 절제의 시선이다. 참된 도덕성이란 말이 아니라 시시각각 실천하는 자기극복의 과정 자체가 아니겠는가. 자신에 대한 건강한 절제가 타인을 향하면 곧 타인에 대한 관용. 물론 세상일에 방관하라는 것은 결코 아니다. 명상은 당연히 행동으로 이어진다.

우리가 진정한 노력을 기울여야 하는 것은 정의로운 사상, 사회적인 행위, 거짓 없는 말…….
우리는 그들을 설득시켜야 한다. 그러나 정의의 원리가 이끄는 경우에는 그들의 의사를 무시하고 행동하라. …… 그러나 어떤 인간에 대해서든 폭군이나 노예는 되지 말자.

다른 사람의 마음속에 무슨 일이 일어나고 있는지를 몰라서 불행하게 되는 경우는 거의 없다. 그러나 자신의 마음의 움직임을 놓치는 자는 반드시 불행에 빠진다.

이 부분이 스토아주의의 알맹이인 것 같다. 니체의 말을 빌리자면, 망상이 사라져야 슬픔도 사라지는 법이다. 니체는 그가 초인의 전범으로 보았던 프랑스의 혁명가 미라보를 《선악의 저편》에서 이렇게 묘사한다.

그는 사람들이 자신에게 가한 모욕과 비열한 행위를 기억하지 못했고 이미 잊어버렸기 때문에 용서할 수도 없었다.

그러한 인간은 다른 인간의 경우라면 몸속으로 파고들었을 많은 벌레들을 단 한 번에 흔들어 떨어 버린다. 도대체 이 지상에서 진정으로 '원수에 대한 사랑'이 있을 수 있다면, 그것은 오직 그러한 인간에게서만 가능할 것이다.

니체의 분신, 차라투스트라도 이렇게 말한다.

인간은 더러운 강물이다. 그러므로 우리는 먼저 바다가 되어야 한다. 더러워지지 않으면서 더러운 강물을 받아들이려면.

대가는 역시 세상만사 복잡한 일들을 단순 명쾌하게 표현하시네.

—

말없이 침착하던 학생. 글쓰기가 군살 없이 '점점 야물어져' 가고 그 어떤 '변화'의 낌새를 보였던 학생. 알고 보니 4년을 내리 새벽 세 시에 일어나 청과물 도매상에서 알바를 하고 등교했던 수도승이었다. 4년 동안 자주 만났는데도 그렇게 내색하지 않을 수가. 내 지도 학생이었지만 내가 지도를 당했던 거다. 새벽에 일어나 앉아 있자니 문득 그 인간이 생각난다.

—

인문학이란 무엇인가? 말들이 많다. 나는 자기 생각을 자기 글로 쓰는 능력을 기르는 것을 인문학의 기본으로 본다. 학생들이나 수강생들에게 강조하지만 자꾸 잊어버린다. 책을 읽든 세상과 부딪치든 거기서 자연스럽게 솟구치는 자기 생각을 자기 글로 쓸 수 없으면 졸업장 꽝!이다. 그래서 졸업 때까지 손등에다 '자기 생각을 자기 글로 쓰자!'라고 문신이라도 새겨 놓고 다니라 애원했건만.

문신 새긴 학생은 지금껏 못 봤다. 너무 당연한 것은 놓치기 쉽다. 자기 생각 없는, 역사의식 없는 대통령이 얼마나 민폐인지 다들 보고 실감하지 않았는가. 판사들의 판결문에 얼마나 엉터리 문장이 많은지 아는 사람들은 안다.

TOEFL

나는 의욕껏 배우면서 늙어 간다

루소, 《고독한 산책자의 몽상》

오늘은 이디야를 거치지 않고 곧장 청사포와봄 카페로 직행. 파도소리는 언제 들어도 좋으네. 쓸려 내려가는 자갈 소리가 오늘따라 수천수만의 말발굽 소리처럼 들린다. 중국의 시인 이백이 〈산중문답〉이라는 시에서 그랬듯이 별유천지비인간(別有天地非人間). 자연은 유달리 아름답고 인간은 흔적도 없네, 정도로 번역하면 되겠네. 커피 한 잔 하며 《고독한 산책자의 몽상》을 뒤적뒤적.

장 자끄 루소는 사상가이자 소설가이기도 하다. 1761년에 발표된 루소의 소설 《신엘로이즈》는 선풍적인 인기를 끌었다. 18세기를 통틀어 프랑스에서는 가장 많은 출판 부수를 기록했다고 한다. 봉건 악습을 강타하며 오로지 대중을 위해 썼던 그의 저작들은 당대 귀족과 권력으로부터 무지막지한 탄압을 받았지만, 그러한 역경이 오히려 자기 지식과 삶의 바탕이 되었던 것이다.

《신엘로이즈》 대략의 줄거리. 귀족의 딸 줄리아와 평민 출신인 상풀은 서로 사랑하지만 부모의 반대로 줄리아는 다른 귀족 남자와 결혼. 줄리아는 현모양처가 되려고 애써 보지만 잘 안 된다. 남편이 멋도 모르고 아이들의 가정교사로 데려온 상풀을 향한 마음을 어쩔 수 없다. 이루지 못한 연정을 이성으로 억눌러 보려 하지만 그게 잘 안 되네. 줄리아는 끝내 자기가 상풀을 사랑하고 있음을 고백하고 천상에서 만나자며 죽음을 맞이한다. 현세의 사랑을 거부하고 억압하는 가톨릭 교리에 불만을 품고 있던 대중들은 열광적인 지지를 보냈던 거다.

1774년에 출간되어 대중들의 압도적인 호응을 받았던 괴테의《젊은 베르테르의 슬픔》도 비슷한 맥락의 작품으로 괴테가 루소의 이 작품에서 커다란 영향을 받았을 것은 명백하다. 활화산처럼 끓어오르는 자연의 리듬, 청춘의 사랑을 방해하는 인간 사회의 제도와 관습이라는 건 도대체 무언가. 질풍노도 시대의 청년 괴테는 루소가 던진 화두를 다시 반복하고 있는 것이다. 두 작품의 연관 관계를 알아보는 것도 재밌는 얘깃거리가 될 것 같다.

지난 며칠 동안 장자끄 루소의 마지막 작품인 《고독한 산책자의 몽상》을 들추어 보았다. 예전에 읽을 때와는 느낌이 아주 많이 다르다. 세평에 짓눌리고 온갖 험악한 고난에 시달리면서도 자기 길을 간 루소의 솔직하면서도 꼬장꼬장한 영혼이 참 친밀하게 다가온다. 부드럽고 다정다감하다. 그러면서도 할 소리 안 할 소리 있는 대로 다 말해 버리시네. 루소는 고백한다. 아주 하잘것없는 눈짓의 변화, 주위 사람들의 일거수일투족, 모르는 사람들의 눈짓 하나만으로도 내 마음의 즐거움은 뒤집어지거나 그와 반대로 괴로움에서 벗어나 화평한 마음을 되찾기도 했다고. 노년에 이른 대사상가의 고백이다. 참으로 솔직하다. 육십에 이순(耳順), 즉 나이 육십에 어떤 말도 걸림 없이, 마음 편안하게 받아들인다, 라고 하신 분의 심경하고는 좀 다른 것 같다. 누가 더 행복했던 걸까.

열 장으로 이루어진 수필 가운데 세 번째 장의 제목은 '나는 의욕껏 배우면서 늙어 간다'이다. 유럽 문학사의 대가들이 여차하면 최고의 양서들 중 하나로 꼽는 《플루타르코스 영웅전》에서 등장인물인 귀족 솔론이 이 말을 되풀이하곤 했다. 루소도 이 문장이 자기를 두고 하는 말이라며 반색한다.

"내 생에는 끝이 있으나 배움에는 끝이 없다."

《장자》에 나오는 말이다.

루소가 보기에 당대 대부분의 석학들은 자신과 아무 관련 없는 것들만 철학의 대상으로 삼고 있다. 그들이 인성에 관해 연구하는 것은 학자인 척하면서 이야기하기 위함이었지 자신을 규명하기 위함은 아니었다는 것이다. 그는 이렇게 말한다.

> 내가 공부하려고 했던 참뜻은 스스로 뭔가를 알아야겠다는 필요에서 나온 거였지 남을 가르치기 위한 의도는 아니었다.

꼰대는 싫어요. 자유분방한 기질.

당대 귀족들의 사교 생활의 위선과 허망함을 꿰뚫어 보았던 그는 소탈한 흰 두건 하나와 모직 한 벌만 남기고는 다른 모든 걸 훨훨 벗어던진다. 때로는 생계를 위해 악보 베끼는 일을 하면서도 조금도 싫증 나지 않았노라고 고백하기도 한다.

그는 무엇보다도 남이 강요한 사상은 가차 없이 던져 버리고 스스로를 위한 철학, 자신의 확고한 행동 기준을 찾아 확신 그대로 실천하며 살아야겠다고 다짐한다. 내가 아닌 타인들이 이루어 놓은 사상은 겉으로는 마음을 현혹시킬지 모르나 결국 마음의 안정을 깨는 오류에 지나지 않는다는 것이다.

16세기 말 명나라 때의 꼬장꼬장했던 선비, 《분서》를 쓴 이

탁오 선생이 생각난다. 이렇게 말씀하셨다. 나는 오십까지는 한 마리 개와 같았다. 다른 개가 짖어대면 나도 덩달아 짖어댔던 거다, 라고 대오각성 했던 분. 늦은 나이에나마 말단 관직마저 던져버리고 공부에 전념한다. 동심을 되찾으라고 사자후를 토하고는 그 책도 태워 버리라고 한 거지. 그래서 태워 버릴 책 《분서》.

다시 루소의《고독한 산책자의 몽상》세 번째 장으로 돌아가자면. 생각해 보니 이제 늦었다. 그렇다고 해서 완전히 알아낼 수 없는 것을 새로이 배워 보겠다고 욕심을 내는 건 오만이다. 결국은 지식보다 덕이 중요한 것이다. 술 자체보다는 벗과 더불어 술을 마시는 똥폼이 더 중요한 거나 마찬가지다. 그가 무덤 속까지 가져가야 할 귀중한 자산이며 영혼을 복되게 만들어 줄 보배로 꼽은 것은 다음과 같다.

인내, 부드러운 마음, 체념, 청렴, 공명정대한 태도.

인생을 출발했을 때보다 더 유능해지지는 못하더라도 보다 덕 많은 인간으로 남고 싶다는 것이다. 평생을 비난과 박해에 시달리며 살아왔던 사상가의 마지막 결론이다. 자기를 이기고 돌아온 인간, 돈키호테의 결론하고 똑같네.

©정남준

진리를 앞에 두고 소심해진다면

단테, 《신곡》

파우스트 박사도 돈키호테도 《화엄경》의 선재동자도 편력 또는 방랑하는 인간이다. 방랑하지 않는 인간이 있겠는가? 방랑이 없다면 그건 인생도 아닐 테지. 단테의 《신곡》도 물론 방랑의 이야기다.

우선 작가 단테와 작품 속 순례자 단테를 잘 구분하며 읽어야 한다. 단테는 로마의 시인 베르길리우스의 영혼을 불러내어 그를 앞세운다. 둘은 동행하면서 지상에서 죄를 지었던 자들이 형벌을 받는 처참한 장면들과 연옥에서 참회하고 수도하고 있는 숱한 인간상들을 목격한다. 그 장면들 하나하나가 그림처럼 선명하다. —'천국' 편에서는 베아트리체의 안내를 받는다.— 무엇보다 인상 깊은 것은 스승 격인 베르길리우스와 제자뻘인 단테 사이에 오가는 다정한 대화다. 단테는 베르길리우스에게 때로는 엄한 질책을 받기도 하지만 기본은 우정 어린 설복이다.

단테가 보여 주는 배움의 자세는 참으로 겸허하다. '연옥' 편 서두에서 등장인물 중 유일하게 육신을 가진 단테는 허리에 갈대를 두르는데, 그것은 언제라도 자신을 낮출 줄 아는 겸손의 상징이다. 또한 서두에서 나타난 네 개의 별은 분별과 절제, 정의와 용기의 상징. 여기저기 망령들에 정신이 휘둘리는 단테를 베르길리우스는 이렇게 꾸짖는다.

> 내 뒤를 따르거라! 저들은 떠들도록 내버려 두고,
> 바람이 불어쳐도 끝자락 하나 흔들리지 않는 탑처럼
> 굳건하여라!
> 사람이란 생각에 생각을 겹쳐 놓다 보면
> 원래 목표를 잃게 마련이니
> 힘들이 서로를 약화시키기 때문이네.

세평에 흔들리지 않는 수도자의 자세를 따끔하게 제자에게 전해 주는 스승 베르길리우스. 스승과 제자, 그 믿음의 관계가 새삼 부럽다.《신곡》에서 이 점을 배울 줄은 미처 몰랐다. 결국 우리가 고전에서 만나는 것은 잡다한 지식이 아니라 삶의 자세인 셈이다. 공자와 안회, 사마천과 박경리의 관계도 마찬가지다. 배움의 바탕에는 무엇보다 겸허함이 깔려 있는 것이다.

나갈까 말까?

언제 어디서든 가차 없이 떠난다는 건 쉬운 일이 아니다. 산보하려다 도로 누워 어제 산보했던 장면들을 떠올려 본다. 어제 아침 장산 춘천. 물 흐르는 소리. 졸졸졸 졸졸졸 말로 다 못한다. 누군가가 이렇게 말했던 게 기억난다. "흘러가는 것은 저와 같구나." 누구? 별말도 아니네. 가을빛 청명하다. 물가에 있는 평상에 앉아 책을 뒤적이는데 인기척. 이상석 선생이시다.

어이쿠! 이런 데서도 다 만나네요! 평상에 마주 앉아 이 얘기 저 얘기. 투두둑. 도토리 한 알이 우리 둘 사이로 툭 떨어진다. 가을 소리가 제법 요란하다. 쫌 있다 또 투두둑. 머리에 맞았는데 제법 따갑다. 뺀질뺀질 윤기 자르르. 도토리 맞네. 헤어지며 한 알씩 나누어 가졌다.

읽다가 만 곳을 다시 보는데 허걱!!! 바로 다음 구절에 '도토리' 이야기가 나온다. 해운대 춘천의 도토리와 7백 년 전 단테의 도토리가 서로 감응한 것일까. 해운대 도토리도 단테의 도토리도 불현듯 나, 여기 있다, 하고 튀어나온 것이다. '연옥' 편의 해당 구절.

옛날 로마에서 여자들은 마실 것으로
물이면 만족했지. 다니엘 또한
음식을 탐하지 않아 지혜를 얻었거든.

인류의 첫 시대는 황금처럼 아름다웠으니
배고픔은 도토리를 맛있게 했고
목마름은 어느 냇물에서든 단물이 흐르게 했어.

인류의 첫 시대는 과연 황금처럼 아름다웠을까? 그나저나 로마 시대에는, 단테 시대에는 도토리를 어떻게 해서 먹었을까. 그냥 생으로? 도토리묵으로? 이스라엘의 예언자 다니엘은 바빌론 왕 네브갓네살이 주는 음식과 술을 사양하고 야채와 물만 먹으면서도 더 건강했다는 전설도 따라다닌다.

그날 저녁 부패승 자승을 이어 설정이 조계종의 실권자인 총무원장이 되었다는 소식을 듣고 기분이 지저분해져 책을 펼쳤더니 마침 이런 구절이 나온다. 단테《신곡》'천국' 편 22곡. 베아트리체의 안내를 받아 천국을 순례하고 있는 단테에게 성 베네딕투스가 이렇게 설파한다.

수도원의 성벽은 이제 짐승의 소굴이 되었고,

수도승이 길치는 옷은
부패한 밀가루를 담은 자루가 되었다.
무거운 이자를 받는 돈놀이라고 해도
수도승들의 굶주린 마음이 교회 재산에
광분하는 만큼 하느님을 욕되게 하지는 않을 것이니
교회가 지키고자 하는 재산은
수도승들의 가족이 아니라
하느님의 이름으로 간구하는 가난한 자들인 것이다.

성 베네딕투스의 입을 빌렸지만 이는 당대 타락한 교회를 향한 단테의 준엄한 질타이기도 하다. 그나저나 내 노모가 열심히 다니는 절간도 좀 잘됐으면 좋겠다.

《신곡》은 중세 기독교의 틀에 갇혀 고리타분할 것 같지만 살살 읽어 보면 엄청 재밌다. 온갖 유형의 인물들, 선행과 악행이 파노라마처럼 펼쳐진다. 단테는 집필 동기를 이렇게 말한다.

진리를 앞에 두고 내가 소심해진다면
내 이름이, 이 시대를 옛날로 돌아볼 사람들과
함께 살아 있지 못할까 두렵습니다.

비록 지금은 방랑자 신세지만 후대에 자기 이름만은 명예롭게 남기겠노라는 당당한 선언이다. 가식적인 겸손 따위는 없다.

너의 외침은 가장 높이 오를 때
가장 힘든 바람을 맞게 될 것이니, 이것은
너의 명예가 하찮은 것이 아님을 말해 주는 것이다.

자기 작품이 불멸의 고전이 될 것임을 자신만만하게 꿰뚫어 보고 있다. 거짓으로 스스로를 위안하는 것이 아니라 자신의 글로 자기가 본 모든 것을 드러내고 가려워하는 사람들을 시원하게 긁어 주겠다는 것이 아닐까.

한 장 한 장 넘기노라면 정치적으로 모함받고 추방된 20여 년 유랑 생활의 고난과 달관의 눈길이 굽이치며 흐른다. 그 시선을 따라가면 지옥에서 연옥을 거쳐 어느새 천국에 도달하는 장대한 규모에 입이 떡 벌어진다. 마치 우주여행이라도 하고 돌아온 느낌이다. 아, 그때나 지금이나 세상 돌아가는 꼴은 엇비슷하네.

온갖 유형의 인간들이 등장한다. 위선적인 성직자들, 부패한 정치가들, 타락한 교회에 대한 비판 이야기는 단골 메뉴지만 시종일관 칭송받는 인간들도 가끔 등장한다. 예컨대 아시시의 성 프란체스코에 대해서는 '청빈'과 결혼한 사람이라며 전통적인 성자의 이미지와는 달리 그를 전투적인 영웅의 모습으로 그린다. 전편에 걸쳐 단테가 가장 높게 평가하는 인물이다.

프란체스코에 얽힌 일화 한 토막만 소개. 1207년 프란체스코가 스물세 살 되던 봄. 그는 성 다미아노 교회를 보수하기 위해 말 한 필과 여러 벌의 옷을 팔아 버린다. 아버지는 아들의 철부지 행동에 단단히 화가 났던 모양이다. 아버지는 주교 앞에 아들을, 즉 프란체스코를 데리고 가 이놈한테는 상속하지 않겠노라고 매몰차게 말한다.

그러나 그 말을 들은 프란체스코는 오히려 기뻐하며 입고 있던 옷마저 벗어 아버지에게 건네줘 버린다. 그리고 세속의 모든 부와 안락을 버리고 청빈을 실천하겠노라고 선언해 버린다. 아버지가 얼마나 당황했을까. 이런 불효자식 같으니. 그 장면을 떠올리면 씨익 웃음이 자꾸 나온다. 불효자식 맞다. 성 불효자식, 아니 성 프란체스코의 삶을 소개하는 단테의 펜이 신바람 나게 휙휙 지나가는 장면이 눈에 선하다. 번역 참 잘하셨다. 나도 번역가로서 다른 번역 칭찬에 인색한 편이지만 이 번역은 최고다.

파우스트 박사와 근심

괴테, 《파우스트》

근심 없는 인간이 있을까. 작가 괴테도 이런저런 근심에 많이 시달렸던 모양이다. 내 평생 진정으로 행복했던 날을 꼽아 보니 40일도 채 안 되네, 라고 고백할 정도였으니까. 50일이라고 그랬던가. 《파우스트》는 근심이란 도대체 뭔가를 끈질기게 추적한 작품이기도 하다.

《파우스트》가 대단원에 도달하기 직전 '한밤중' 장면에서 잿빛의 네 여자가 파우스트의 집 문밖에 등장한다. 그들의 이름은 차례대로 결핍, 죄, 근심 그리고 곤궁이다. 근심을 제외한 세 여자는 등장하자마자 사라진다. 결핍과 곤궁은 외적인 것이어서 생사를 넘어 두루 세계를 체험한 파우스트에게 큰 위협이 될 수 없고, 죄도 인간 영혼의 바닥에 닿아 있긴 하나 근심에 비할 때 상대적이고 가변적이며 순간적이다.

그리하여 근심만 소리 없이 문틈으로 들어온다. 근심의 본성은 자기보존을 위협하는 모든 것 앞에서 끊임없이 불안해하는 것. 이거 내 꺼야! 하는 범주에 갇히는 한 결코 근심에서 벗어날 수 없다. 파우스트의 독백.

> 너는 닥치지도 않은 것 앞에서 벌벌 떨고, 잃지도 않을 것에 대해 줄곧 애통해하며 우는구나.

학문이라면 두루 섭렵한 파우스트 박사가 자살을 결심한 것은 근심 때문이었다. 도저히 이놈을 떼놓을 수가 없는 거다. 화끈한 성격에 분통 터진 파우스트는 내가 죽어도 네놈이 따라오나 보자 하는 심보로 독배를 들지만 그 순간 부활절 종소리가 들려와 잔을 도로 내려놓는다. 드라마의 주인공이 초반부터 사라지면 곤란하니까.

조금 있다 악마인 메피스토펠레스가 찾아오고 그 악마의 힘을 빌려 세계 구석구석을 줄기차게 돌아다닌다. 욕망의 얼굴은 때로는 거칠고 때로는 섬세하고 때로는 아름답다. 온갖 욕망의 세계를 두루 거치며 천상에서 지상을 거쳐 지옥까지 편력한 기록이《파우스트》대강의 줄거리다.

외부로부터 실제로 침해받는 것보다는 인간 자신이 스스로를 더 괴롭히는 게 근심에 짓눌린 인간의 비극. 우리는 현실 그 자체보다는 때로는 뿌리칠 수 없는 이미지들 때문에 더욱 고통받기도 한다. 그 끈질김 때문에 앞서 나타났던 결핍, 죄, 곤궁보다 훨씬 더 영혼을 좀먹는 이러한 근심(Sorge)은 자연의 바닥에서 싱싱하게 솟아난 대지의 영(Erdgeist)과 반대되는 개념이다.

대지의 영이 파우스트에게 "겁먹고 오그라드는 벌레가 너란 말인가?" 하고 꾸짖었을 때 이 '오그라든'이란 말 속에 근심의 움직임이 포착되어 있다. 자기실현보다는 자기보존을 본성으로 하는 근심은 그때마다 다른 가면을 쓰고 나타난다. 맨날 얼굴이 바뀌네. 그러니까 알아보기 힘들지.

파우스트의 한탄.

근심은 순식간에 가슴 깊이 자리 잡고
남모르는 고통을 빚어내어
불안하게 요동하며 기쁨과 휴식을 방해한다.
근심은 줄곧 새로운 가면으로 모습을 가린 채
때로는 가옥과 재산으로, 때로는 아내와 자식으로,
때로는 불과 물, 단검과 독으로 나타난다.

세계를 돌아다니는 동안 파우스트는 메피스토펠레스의 마술 덕분에 이러한 근심에서 벗어나 있을 수 있었다. 메피스토펠레스가 이것저것 다 챙겨 주었으니까. 그러나 이제 메피스토펠레스와 결별하는 순간 근심은 가차 없이 파우스트를 덮친다. 그러니까 파우스트 최대, 최후의 적은 근심이었던 거다. 근심이 스스로 설명하는 자신의 정체.

누구든 나한테 일단 붙들리면
그자에겐 온 세계가 아무 소용없지요.
영원한 암흑이 내려와
태양은 뜨지도 지지도 않아요.
겉으론 아무리 멀쩡해 보이더라도
안으론 이미 어둠이 깃들어 있지요.
그 어떤 보물도
진정으로 소유할 수 없게 됩니다.
행복이든 불행이든 근심의 씨가 되어
풍요 속에서 굶주릴 뿐이지요.
기쁨이건 불행이건
다음 날로 미루면서
하염없이 미래를 기다리기만 하니

결코 끝맺지 못하지요.

근심에 사로잡힌 인간은 마비 상태가 이어지고, 근심이 희망을 죽이게 되면, 그 공격은 솟아오르는 생명력의 미묘한 중심인 영성체 자체로 향한다. 그리하여 인간의 영혼은 눈에 띄지 않는 사이에 생명력을 잃고 만다. 자기를 잘 못 알아보니까 근심이 자신의 꼴을 직접 설명해 주는 장면.

가야 하나 와야 하나
결단할 수 없게 만들지.
훤히 뚫린 길 한복판에서
더듬으며 이리 반 발짝 저리 반 발짝.
점점 깊이 혼란에 빠져
모든 것을 뒤틀어 보게 되고
자신에게나 남에게나 귀찮은 존재가 되어
숨을 헐떡이다 숨이 막혔다 하니
질식까진 안 해도 생기를 잃고,
절망하지도 내맡기지도 않지.
줄곧 이리 뒹굴 저리 뒹굴,
내버려 두자니 괴롭고, 하자니 싫고

때로는 해방이요, 때로는 억압이라
몽롱한 잠과 신통찮은 생기에
그를 꼼짝 못하게 그 자리에 묶어 놓고
지옥 갈 채비나 해 주지요.

세계문학사에 근심의 꼴을 이리 미세하게 표현해 놓은 작품이 있었던가. 대지의 영과 근심 사이에서 비틀거리고 흔들리면서도 파우스트는 한 발짝 한 발짝 끊임없이 대지의 영 쪽으로 나아가려고 용쓴다. 여차하면 또 뒷걸음질. 근심의 구덩이에 빠진다.

《파우스트》의 종결부 '심산유곡' 장면은 인간 정신의 고양 가능성에 대한 괴테의 믿음을 종교적 우화로 그린 것이다. 들끓어 오르는 욕망 한가운데서도 비틀거리는 파우스트를 여기저기 무자비하게 끌고 다니며 괴테는 인간이란 무언가를 냉철하게 투시한다.

사랑하는 마음이 없으니 근심이 찾아오는 것이고 주인이 없으니 손님이 깽판 치는 것일 테지. 《파우스트》의 종결부는 그 주인이 제자리를 찾아가는 과정에 대한 장엄한 비유다.

덧붙이자면, 근심은 자기보존의 욕망에서 오는 자기중심적인 것이다. 자기를 보존하는 것 같지만 결국은 자신의 영성을 잠식하고 파괴한다. 그러나 그 근심이 타자를 향하면 사정은 달라진다. 뱃전을 확 돌려 버리면 근심은 돌변하여 우정이 된다.《노인과 바다》의 산티아고 노인이 청새치와 사투를 벌이면서도 같은 마을에 사는 꼬마를 생각하는 것과 같은 맥락이다.《나의 라임오렌지나무》에서 뽀르뚜가 아저씨와 꼬마 제제는 만사를 잊고 신나게 돌아다닌다. 천민자본주의를 상징하는 망가라치바 기차는 끊임없이 기적 소리를 울려 대지만.

근심을 장악하지 못하면 평생 노예로 사는 거지 뭐. 장악은 못 하더라도 그 바닷속으로 경쾌하게 들락거리자면 그 파편이 조롱이고 풍자고 해학이고. 그러니까 조롱과 풍자와 해학은 술꾼들을 반기는 주막인 거네. 주막 밖은 어제도 오늘도 바람 거세고 파도 거칠다.

—

등곳길 입구. 지극정성으로 꽃밭을 가꾸는 할아버지 한 분이 있다. 쌀쌀한 날씨에 오늘도 돌탑을 쌓고 계시네. 그냥 지나치려다 보니 모조 오리털 파카가 나하고 같은 거라 한마디. 수고 많습니다. 근데 그 파카 저도 있거든요. 몇 년 전에 만 원 주고 샀는데 얼마 주고 사셨어요? 저는 2만 원 주고 샀는데요, 하며 머리를 긁적이신다.

가끔 무뢰한들이 돌탑을 무너뜨리기도 하지만 또 여념 없이 쌓으시네. 저런 정성이면 무슨 일인들 못 하겠는가. 무주상 보시. 몇 년 전 흰색 바탕에 노란 줄무늬가 있는 값싼 파카가 유행한 적이 있었다. 할아버지가 심어 놓은 국화꽃.

©장희창

—

미포에서 송정까지 폐선 부지 철길은 언제 가도 멋지다. 구구절절 사연 많은 철길과 끊임없이 넘실대는 푸른 바다. 역사와 자연이 하나로 어우러진 천혜의 풍경이다. 철길에서 벗어나 송정 해변 길로 걷다 보면 삼거리 모퉁이, 쪼그만 해장국집. 맛이 깔끔하다. 반찬은 쫑쫑 썰어 초고추장에 버무린 짭조름한 마늘쫑 몇 개. 주인장 겸 주방장인 40대 중반의 남자. 무심 무뚝뚝. 보름 전쯤 들러 소고기국밥을 시켰다. 아, 맑다. 어, 주방장 가슴에 달린 노란 리본. 리본이 참 이뻐요 등등 폭풍 수다.

오늘도 폐선 철길을 따라 걸었다. 근데 언놈의 짜식들이 야금야금 잡석을 쳐 부어 철길을 마구 망쳐 놓았다. 시민들에게 푼돈이나 뜯어낼 요량으로 무슨 청룡열차 비스무리한 걸 다니게 할 꺼라나. 룰루랄라 기분 좋게 걷다가 현장을 목격하고는 분통 터져 쓰러질 뻔했다. 쌍욕이 절로 나오네.

©장희창

만물과 더불어 봄을 이룬다

장자, 《장자》

내 마음의 책, 《장자》. 학창 시절에 왠지 이 책에 끌렸다. 꿈과 현실을 자유롭게 넘나드는 낭만적인 초월. 그 똥폼이 마음에 들어서였을까. 주제넘게 이 친구 저 친구에게 책을 사서 선물로 주기도 했다. 무책임하게 선물로 줘 놓고는 막상 무슨 책이냐 물으면 말문이 막히곤 했다. 무(無)가 어떻고, 무위(無爲)가 어떻단 말인가. 그러면서도 《장자》를 전공한 분들의 해설서 같은 것은 읽어 보지도 않았다. 원본을 바로 보면 된다면서.

무위자연. 언제부턴가는 이 말이 참 낯설었다. 내 마음 참 변덕스럽다. 돈과 권력의 촘촘한 그물이 우리의 일거수일투족을 옥죄는 살벌한 세상에 이처럼 한가한 소리나 뇌까리다니. 한심한 건달들. 그러나 생각은 또 달라진다. 《장자》의 이곳저곳을 누비다 보면 낭만적 초월의 베일은 걷히고, 의외로 실용주의, 현실주의적인 장면들이 코앞에 불쑥불쑥 등장한다. 장자는 현실 권력을 어떻게 보았던가.

무엇보다도 요(堯) 임금이 천하를 받아 달라고 신신당부하건만 단박에 물리쳐 버리는 허유 이야기는 통쾌하다. 머쓱해진 요가 아무리 당부해도 얄짤없다. 허유는 무엇 때문에 신인(神人)이 천하 따위를 위해 수고하려 하겠는가, 하며 부탁을 내동댕이친다. 아이코 아까워. 나 같으면 냉큼? 그렇다면 허유는 정치 감각도, 현실 감각도, 사회적 책임감도 없는 철부지란 말인가. 아니다. 장자는 허유의 모습을 통해 권력의 실상을 있는 그대로 보여 주고 있다. 자연의 변화에 순응하여 무한의 세계에 노니는 지인(至人)에게는 사심이 없고, 신인(神人)에게는 공적도 명예심도 없다. 그러니 허유가 거부한 것은 왕위라기보다는 사심과 공적 과시, 명예심인 것이다.

기원전 4세기 중국의 전국시대는 전쟁과 살육, 권모와 술수가 소용돌이치는 불안과 절망의 시대였고, 장자의 고향인 송나라는 사전지지(四戰之地)라고 불릴 만큼 전화(戰禍)가 집중되었던 곳이다. 그 참혹한 현실 속에서 장자는 자유를, '부자유 속의 자유'를 필사적으로 추구했고, 《장자》는 그 몸부림의 기록이다.

장자는 권력 근처에서 맴도는 무리라면 일단 씹어 댄다. 노자도 공자도 예외는 아니다. 도덕적 이상을 실현하겠다며 집권을 꿈꾸는 공자를 비롯한 유가들이 특히 가차 없는 조롱의 대상이 된다. 권력에 대한 이 몸서리치는 혐오증은 어디에서 오는 것인가. 도덕적 이상주의를 실현하겠노라고 정치 일선에 나선 분들이 보기엔 유쾌하지 않은 책일 수도 있다. 과연 그런가.

《장자》는 무엇보다도 권력의 속성을 되돌아보게 한다. 가차 없이 뛰어들었다 가차 없이 빠져나올 자유의 기백이 없다면 어찌 서슴없는 서비스 정신일 수 있겠는가. 시대의 먹구름 속을 자유로이 넘나들며 벼락을 내리치고 태풍을 일으키는 용일 수 있겠는가. 그가 보기에 인의(仁義)란 사람의 참된 모습이 아니다. 한마디로 어색하다.

"저 인덕을 갖춘 사람들은 얼마나 마음고생이 많은가!"

박지원, 허균 같은 시대의 이단아들이 《장자》를 탐독한 데는 이유가 있다. 권력 앞에서 공손하게 굴기도 가까이 하기도 어색하다. 어쭙잖게 인의를 내세우는 건 가차 없는 실천이 따르지 않으면 낯 간지러운 일이다.

장자가 보기에 유가의 현실 참여 논리는 긍정적이든 부정적이든 결국 권력 욕구와 연결된다. 성인이라든지 지혜라는 명분이 곧 칼이 되고 차꼬를 죄는 쐐기가 되는 백가쟁명(百家爭鳴) 현실 정치의 귀결이 너무도 뻔하다고 보았던 것이다.

"명예란 서로 헐뜯는 것이며 지식이란 다투기 위한 도구다."

이는 지식과 이데올로기가 자신도 모르게 감시와 권력의 도구가 된다는 참으로 현대적인 발상이기도 하다. 그러므로 장자는 현실에서 '도피'한 것이 아니라 권력을 '새로운 관점'에서 보고 있다!

일단 장자는 입이 거칠다. 출세를 뽐내는 같은 고향 사람에게 이렇게 일갈한다.

> 세상의 부귀는 권력자의 엉덩이에 난 치질을 빠는 것과 같은 정신의 굴욕으로 얻게 마련이다.

또한 언제나 자신만만하다. 다 떨어진 신발에 누더기를 걸치고 위왕(魏王)을 만났을 때, 그 왕이 "선생은 어찌하여 그다지도 지쳐 보입니까?"라고 동정하자 장자는 대꾸한다. "지친 게 아니라 가난한 것이지요."

궁핍한 시대에 가난은 부끄러움이 아니라 당당함이다.

> 선비란 자기 마음에 도덕을 지니면서 이를 실천하지 못하는 걸 지쳐 병들었다고 하는 법이오.

이런데도 장자는 현실 도피의 누명을 쓰고 있다. 장자는 그리스의 철학자 디오게네스의 재림, 아니 디오게네스가 장자의 재림인 셈이다. 두 분은 거의 동시대 인물이다.

가난한 자의 당당함은 달리 말하면 무위자연의 삶이다. 하지만 속세를 떠나 심산유곡에 숨어 살라는 뜻은 결코 아니다. 속진 속에 있으면서도 허심(虛心)과 무용(無用)으로 집착하지 말고 살라는 말이다. 그 진흙탕 속에서 더욱 철저하게 파고들라는 것이다.

> 세상 모두가 칭찬한다고 더욱 애쓰는 일도 없고, 세상 모두가 헐뜯는다고 기가 죽지도 않는다. 다만 내심과 외물의 분별을 뚜렷이 하고 영예와 치욕의 경계를 구분할 뿐이다. 그는 세상일을 좇아 허둥지둥하지 않는다.

《장자》는 '도피의 학'이라는 혐의를 받았지만, 알고 보면 실용을 강조하고 또 강조한다. 소 잡는 명인 포정의 이야기가 그 대표적인 예다. 그의 칼은 19년 동안 소를 잡아도 방금 숫돌에 간 것처럼 무디어지지 않는다. 그만큼 숙련된 기술을 가지고 있다는 소리다. 숙련의 경지는 살과 뼈 사이의 텅 빈 공간을 무심의 경지에서 투시하며 자유자재로 칼을 놀리는 것이다. 무릎 꿰뚫어 보고 무위의 경지에 이를 때까지 갈고닦는다. 기술이고 논리고 간에 그는 지금 이 자리에서 더욱 철저하게 파고든다. 이처럼 실용주의를 강조하는 사람이 현실도피주의자일 수 있겠는가. 마이스터의 정신이며 달인의 정신이다. 그러므로 장자의 초월은 천상으로의 초월이 아닌 이 지상의 삶으로 스며듦인 것이다.

괴테에 따르면 정치가라는 것도 갈고닦아야 할 하나의 직업이다. 괴테는 말한다. "이 사회에서 가장 두려운 것은 무지한 자의 행동이다." 넘쳐흐르는 못 말리는 서비스 정신과 투철한 프로 정신이 없으면 함부로 나서지 말라는 경고일 것이다.

선과 악이 마구 뒤섞여 질척거리는 아수라장 정치 현실. 그러므로《장자》에는 상식과 기존의 관념을 뒤엎어 버리는 우화와 역설이 난무한다. 상식과 기성 체제에 끊임없이 도전하기 때문이다. 역설의 연속이다.

> 이 세상에 가을 짐승의 털끝보다 큰 것도 없고, 태산은 오히려 작다고 할 수 있다. …… 어려서 죽은 아이보다 장수한 자는 없고 팽조는 차라리 일찍 죽은 자가 된다.

크기와 길이의 일상적인 범주를 단숨에 넘어 버린다. 무엇

무엇을 설하였으므로, 설한 바가 없다. 이렇게 이렇게 크기 때문에 크지 않다는《금강경》의 역설 어법과도 일맥상통한다. 왜 이런 역설을? 어리둥절?

> 세상 사람들은 스스로 알지 못하는 점을 추구하는 일은 알고 있지만, 이미 알고 있는 점을 더욱 추구하려고는 하지 않는다. 모두 좋지 않게 여기는 바를 비난할 줄은 알아도 이미 좋다고 생각한 바를 더욱 반성해서 비난하려고 생각하지는 않는다.

고정관념을 확 벗어던져 버리고 당연하다고 생각하는 것을 바로 지금 이 자리에서 뼈저리게 되돌아보라는 소리다. 공허하고 황당하다는 오해를 받고 있지만《장자》를 찬찬히 들여다보면, 안팎의 자연에서 때로는 미풍이 때로는 태풍이 휘몰아친다. 호쾌한 웃음이 넘친다. 웃으면서 마구 펀치를 날린다. 모순으로 가득한 현실과 인간 위선에 대한 고발, 해학과 풍자, 만물평등과 자유를 향한 그리움이 꿈틀거린다.

내가《장자》에서 가장 좋아하는 구절은 대지 위를 몰아치는 바람 소리에 대한 절창 부분이다.

말하자면 대지가 내쉬는 숨결을 바람이라고 하지. 그게 일지 않으면 그뿐이지만 일단 일었다 하면 온갖 구멍이 다 요란하게 울린다. 너는 저 윙윙 울리는 소리를 들어 봤겠지. 산림 높은 봉우리의 백 아름이나 되는 큰 나무 구멍은 코 같고 입 같고 귀 같고 옥로 같고 술잔 같고 절구 같고 깊은 웅덩이 같고 얕은 웅덩이 같은 갖가지 모양을 하고 있지. 그게 바람이 불면 울리기 시작하지. 콸콸 거칠게 물 흐르는 소리, 씽씽 화살 나는 소리, 나직이 나무라는 소리, 흐흑 들이키는 소리, 외치는 듯한 소리, 울부짖는 듯한 소리, 웅웅 깊은 데서 울려 나는 것 같은 소리, 새가 울 듯 가냘픈 소리. 앞의 바람이 휘휘 울리면 뒤의 바람이 윙윙 따르지. 산들바람에는 가볍게 응하고 거센 바람에는 크게 응해. 태풍이 멎으면 모든 구멍이 고요해진다. 너는 나무가 크게 흔들리기도 하고 가볍게 흔들리기도 하는 걸 보았겠지.

자연의 대합창. 수없는 것에 바람이 불어 서로 다른 소리를 낸다. 온갖 구멍이나 피리가 저마다 소리를 내는 거다. 만물과 더불어 봄을 이룬다, 만물은 모두 평등하다는 원리를 이보다 더 오묘하게 실감나게 묘사하기는 어려울 것이다.

아내가 죽자 장자는 질그릇을 두드리며 노래를 한다. "아내는 지금 천지라는 커다란 방에 누워 있는데 왜 슬프냐?"는 것이다. 그가 죽을 때도 제자들이 장례를 후하게 지내려 하자 장자가 말한다. "나는 천지를 널로 삼고 해와 달을 한 쌍의 옥으로 알며 별을 구슬로 삼고 만물을 내게 주는 선물이라고 본다. 내 장례식을 위한 도구는 갖추어지지 않은 게 없는데 무엇을 덧붙인단 말이냐?"

상갓집에 문상객이 많이 모여드는 것조차도 장자는 삐딱하게 본다. 죽은 자가 사람들을 모은 원인 중에는 반드시 요구는 안 했더라도 슬픔을 말하고 곡을 하도록 은연중에 시킨 바가 있기 때문이라는 거다. 이는 자연의 도리에서 벗어나 진실을 거역하고 하늘로부터 받은 본분을 잊는 것이며, 옛날 사람들은 이것을 '하늘을 도피한 벌'이라고 했다는 것이다. 슬픔에 찬 문상객들을 머쓱하게 만드는 짓궂은 발언이다. 악동기가 넘친다.

장자가 말하는 이상적 인간인 진인(眞人)은 인간과 만물을 동등하게 본다. 천지 우주의 자유로운 작용인 자연의 도는 인간이라고 해서 특별히 사랑하고 불쌍히 여기지도 않으며 또한 특별히 미워하거나 성내지도 않는다. 만물을 이분법과 인과적 사유로 판단하면 지금 여기를 그대로 받아들이는 꿋꿋한 정신이 질식당한다. 다시 말해 자기 판단을 멀리하고 평상시의 자연스러운 마음에 내맡기는 것, 이것이 밝은 지혜의 길이다.

니체의 말을 빌리자면 판단하지 않을 수 있는 능력, 그것이 최고의 경지다. 자연 그대로의 커다란 긍정, 선악의 저편에서 저것과 이것의 대립을 없애 버린 경지, 이것을 장자는 도추(道樞)라고 한다.

> 텅 빈 것(空虛)을 잘 보라. 아무것도 없는 텅 빈 방에 눈부신 햇빛이 비쳐 저렇게 환히 밝지 않느냐.

상대적인 것에 얽매이지 말고 마음을 공허하게 하면 사물의 진상이 더 환하고 뚜렷해진다는 것이다.

《장자》는 우화와 우언의 이야기 형식이 주를 이룬다. 이야기 속에는 자유의 기풍이 넘실거린다. 대붕이 회오리바람을 타고 9만 리를 날아올랐다가 3천 리 높이의 파도를 일으키며 남쪽 바다로 날아가는 이야기. 쓸모없이 크기만 한 나무를 두고 욕할 게 아니라 그 그늘에서 푹 쉬면 되지 않느냐는 둥 이런 우화들은 듣기에는 일단 시원하다. 머리가 뜨거울 때는 허풍 냄새가 좀 나더라도 통이 큰 소리를 들으면 휴식이 된다.

때로는 꿈과 현실을 가로질러 나비와 하나가 되고, 때로는 넓은 들판을 유유자적 노닐고, 때로는 나무 그늘 밑에서 한가로이 쉬고 있는 진인 장자. 그러나 그 뒤로는 권력 동물들이 으

르렁거리는 소리가 울려온다. 칼과 창이 뒤범벅된 전장이 겹친다.

그는 과연 현실도피주의자였을까? 아니다. 권력을 해체하라는 말은 곧 민주주의 하자는 소리다. 자연 그 어디에 권력이 있고 중심이 있는가. 그는 말하자면 왕권도 거부하고 패권 정치도 거부한, 시대를 앞선 민주주의자였다. 권력이라면 당연히 집착하고 소유해야 한다는 상식을 가진 사람들을 마음껏 조롱했던 장자. 그가 말하는 무위자연의 원리는 민주주의의 원리였던 것이다.

마키아벨리와 장자는 권력의 본성을 뼈를 저미는 쓰라림으로 투시했지만 이후 행보는 아주 다르다. 마키아벨리는 진인사대천명의 심경으로 《군주론》을 들이밀며 군주에게 충언을 마다하지 않았다. 반면에 장자는 권력의 향방에 아랑곳하지 않고 천하를 두루 돌아다니며 붕새와 더불어 노닐 뿐이었다. 누가 더 멋있나. 마음은 장자를 따르고 싶지만 몸은 마키아벨리의 현실 안에 있다.

—

잘 지내던 선배의 부모 상(喪)에 어쩌다가 가지 못했다. 잡다한 일에 찌들어 우정을 '확인'하는 일에 소홀했던 것이다. 삐졌는지 두어 번 연락해도 반응이 없다. 만났다 하면 예사로 밤을 지새우곤 했던 선배다. 내가 잘못한 거야, 생각하다가도 슬그머니 부아도 치밀어 오른다. 우리가 밤새워 뒷골목을 왔다리 갔다리 한 게 다 어디 갔단 말인가. 그게 미리 문상한 게 아니었던가. 이런 잡스러운 변명을 하고 있다. 하긴 그때 미리 말해 놓았으면 좋았을 걸 그랬다. 나중에 문상 안 가더라도 삐지기 없다고.

또 다른 경우. 오래전 장인이 돌아가셨을 때 그림 그리는 어떤 후배가 이렇게 연락을 해 왔다.

"나, 부조금 없는데 그냥 갈 거요."

"무슨 소리요, 퍼뜩 오소."

와서는 오랜만에 공짜 술 마실 데라도 생긴 양 며칠간 싱글거리며 죽치고 앉아 소주 맥주를 퍼마시더니 온다 간다 소리도 없이 사라졌다. 내가 아는 가장 빛나는 문상객이었다.

어디에도 머물지 않는

한용운, 오도송

교권 침해의 사실은 인정되지만 계약 만료는 더욱 엄중한 현실이다, 라는 해괴망측한 판결을 받아 든 나는 부산을 떠나 무작정 서울로 갔다. 1990년 가을 무렵이었다. 셰익스피어의《베니스의 상인》에 나오는 샤일록이 채무자에게 계약대로 살 한 파운드를 도려내겠다고 우기는 것에서 단 한 발짝도 나아가지 못한 졸렬한 판결은 나를 온실에서 들판으로 내몰았다. 16세기 말경 영국인들이 가진 상식적인 법 감정에도 미치지 못하는 우리나라 판사들은 도대체 몇 세기의 법의식을 기준으로 판결하고 있단 말인가?

내 패소를 목격한 주변 사람들이 재야 운동가로 같이 일하자고 권유도 했지만, 나는 철딱서니 없는 '리버럴리스트'의 길을 택했다. 서울로 올라가 강남 뒷골목 학원가를 전전하며 돈은 조금 벌고 술은 많이 마셨다. 답답할 때면 반지하방을 나와 훌쩍 길을 떠났다. 관악산으로 북한산으로 돌아다녔다. 북한산은 두말 필요 없는 명산이다. 북한산으로 가려고 나섰다가 곧장 설악산으로 튀는 경우도 있었는데, 내가 내 운명을 좌우할 수 있는 건 고작 그 정도였다.

1991년 겨울이던가. 인제 용대리에 내려 백담사까지 8킬로미터 정도 걸어가는 동안 눈이 펑펑 쏟아졌다. 관리사무소에서 입산을 막길래 절에 간다고 둘러대고 지나왔다. 백담사를 지나 계곡 맞은편에 있는 백담 산장에 도착하니 날은 이미 저물었다. 폭설이라 산행은 일찌감치 포기하고, 산장지기와 나는 타오르는 벽난로 앞에서 수다 떨며 밤새 소주를 들이켰다. 안주는 오징어 땅콩이었던가?

새벽 무렵, 잠결에 누군가가 산을 오른다는 소리가 들리기에 보니 스님 한 분과 시자(侍者)였다. 단양의 무슨 절에 계시는 스님인데 절을 새로 중창하기 전에 설악산 봉정암에 기도드리러 간다는 거였다. 주섬주섬 챙겨 그들을 따라나섰다. 여러 번 와서 길은 익숙했다. 두어 시간 걷는 동안 술기운은 사라지고 수렴동 계곡의 맑은 기운에 내 머릿속도 맑아졌다. 맑음이 온몸으로 스며들었다. 스님 일행은 초행길이라 내가 더듬어 가며 길을 안내했다. 자주 다녀서 방향은 대충 잡아 갈 수 있었다.

설악산 계곡은 사시사철 아름답다. 특히 겨울은. 그래서 설악(雪嶽) 아니던가. 그들은 걸음이 느렸다. 다시 눈이 쏟아졌고, 길은 더 가파르고 더 까마득해 보였고, 날은 저물었다. 걸음을 서둘렀다. 뒤쪽을 보니 일행은 어둠 속에서 더 이상 보이지 않았다. 봉정암 불빛을 확인한 나는 배낭을 내려놓고 다시 왔던 길을 더듬어 내려갔다. 한참 동안 어둠 속을 내려가 그들과 다시 만났다. 더듬거리고 허둥대며 오다가 부딪혀 그랬는지 승복의 여기저기가 찢겨 있었다. 나중에서야 생각해 보니 좀 아슬아슬했다. 봉정암에 도착하니 조난사고가 났다며 난리법석이었다는 거다.

새벽녘에 봉정암의 스님이 목탁을 두드리며 경내를 돌다 방앞을 지나며 버럭 소리를 질렀다. 기도하러 온 양반들이 잠이나 퍼질러 잔다고 천불났을 거다. 그 기개는 높이 살 만하네. 그런데 아침상을 받았는데 나와 시자는 같은 상이었고, 단양에서 온 스님은 독상으로 드신 모양이었다. 공양을 마치고 만나 그제야 맨정신에 얼굴을 쳐다보았더니 뭔가 못마땅한 얼굴. 자기는 큰스님인데, 어떻게 아침에 절도 올리지 않느냐는 거였다. 허, 참 그 양반. 신도들한테 꽤나 폼 잡을 땡중 아닌가.

절간의 뒷길로 난 계단을 한참 오르면 5층 사리석탑이 나온다. 거기까지 땡중 일행을 배웅한 뒤 나는 다시 산을 오를 참이었다. 나더러 길을 잘 아니 같이 내려가자고 했지만, 나는 뿌리치고 산으로 올랐다. 큰스님이라고 따로 밥을 드시다니 다시는 보고 싶지 않았다. 내가 너무 까탈스러운 건가. 일부 구간에서는 허리까지 덮인 눈을 헤치며 천천히 올라가야 했다. 다행히 눈발이 더 날리지는 않았다. 소청봉을 지나 한참 가니 중청봉 산장이 눈앞에 나타났다. 거기서부터 대청봉까지 길이 훤히 보였다.

무인지경의 설산. 좀 여유가 생겼던 걸까. 스틱 대신에 기다란 나무 막대기를 앞세우고 천천히 오르다 보니 절로 시 한 편이 떠오르네. 한용운 선사의 오도송으로 알려진 시. 제법 큰 소리로 읊었다. 자기 것도 아닌 남의 오도송은 이 순간에 왜 생각난 거야. 양희은의 〈한계령〉이나 조용필 노래나 부르지.

男兒到處是故鄕(남아도처시고향)
幾人長在客愁中(기인장재객수중)
一聲喝破三千界(일성갈파삼천계)
雪裏桃花片片紅(설리도화편편홍).

대기가 차갑고 맑고 팽팽하게 얼어붙어서 그런지 목소리가 제법 울리는 듯했다. 옮겨 보자면,

대장부 발걸음 닿는 곳 그곳이 고향이거늘
어찌하여 그대들은 나그네 시름에 삼겼는가
드넓은 세상을 향해 냅다 소리 지르니
눈 속에 복숭아 꽃잎 붉게 흩날리는구나.

내 멋대로 해석하자면, 목마른 술꾼에게 이 주막이면 어떻고 저 주막이면 어떤가. 그래도 바보주막이 더 낫겠지. 왜? 내가 홍보 담당이니까. 사방팔방 한잔할 핑곗거리 너무도 많네. 좋지. 좋아. 다다익선이지. 큰소리쳤건만 그래도 근심 걱정에 시달리니 어쩌나. 그래가 되겠는가. 너도 나도 깨어 있으라고, 내 꼴 정면으로 꼬나보라고, 근심 떨쳐 버리라고 시인은 스님은 버럭 고함지른다. 버럭 고함 소리 얼마나 컸기에 꽃잎들은 산지사방 붉게 흩날린다.

내가 백담사에 자주 갔던 건 알게 모르게 한용운 시인의 영향이 컸던 모양이다. 오도송과 〈님의 침묵〉을 비롯한 여러 시편들은 시인이 백담사에서 도피 생활을 할 때 쓴 것으로 알고 있다.

이 시의 전체 기운은 어디에도 머물지 않는 흐름에 있다. 그 어느 것에도 매이지 말고 다짜고짜 떠나라는 말 아니겠는가. 출렁이는 가운데 주인으로 당당히 머물고 또 주인답게 씩씩하게 떠나라는 말 아닐까.

화끈하게 떠나는 인간 하면 우선 떠오르는 분은 연암 박지원이시다. 가차 없이 떠나는 방랑자로서 그는 끊임없이 떠나라고 말한다. 《열하일기》에서 그는 우리더러 머물지 말고, 정착하지 말고 유목민으로 살라고 한다. 공자 왈 맹자 왈 하지 말고 지금 당장 민중의 삶과 고통 속으로 내려오라고 하신다. 그러면서 엄숙하기보다는 늘 장난스러운 분.

세르반테스도 생각나네. 알제리 해적에게 붙들려 수년간 갤리선에서 노예 생활을 해야 했던 달관의 인간 세르반테스. 그의 아바타인 돈키호테는 드넓은 스페인 평원을 떠돌며 귀족도 평민도 공주도 창녀도 남자도 여자도 모두 평등하다고 외친다. 광기에 찬 인물로 알려진 돈키호테는 알고 보면 탁 트인 인간이다.

아무리 구석에 몰려도 웃을 줄 아는 인간! 상식의 감옥을 순식간에 박차고 나오는 담대함! 이들 대가들의 눈길을 따라가노라면 마음이 절로 시원해진다. 자기 운명을 자기가 장악하고 있는 인간들의 무덤덤한 시선이 묵직하게 다가온다. 내 꼴은 꾀죄죄하지만 이들의 영혼을 만나면 덩달아 기분이 좋아진다. 그 리듬을 따라가노라면 굴곡진 세상사를 자유롭게 넘나들고 있다는 쾌감이 든다.

오도송

백담사는 내가 사랑하는 곳이지만, 시인의 성소에 시인만 살았던 건 아니다. 5공 청문회 후 전두환이 귀양살이한 곳도 바로 그곳이었다. 한용운의 백담사, 전두환의 백담사. 역사는 소용돌이친다.

그날 대청봉에 올랐다가 오색 쪽으로 내려왔다. 오색은 온천 동네지만, 산채나물에 막걸리 몇 잔 하고 서울행 버스에 올랐다. 돌아와서 얼마 후 꿈을 꾸었다. 설악의 준봉들이 내려다 보이는 봉정암 5층 석탑 옆에서 어떤 여인과 내가 마주 보고 있고, 그 사이에 두 사람의 그림자 인간이 앉아, 모두 넷이서 카드놀이를 하고 있었다. 우연과 필연, 생과 사, 빛과 그림자의 문제를 해결하지 못한다면 세계는 영원히 오리무중일 뿐이라는 신호였을까? 과연 그럴까? 이 또한 "나그네 시름"에 지나지 않는 꾀죄죄한 망상임은 분명하다.

한용운 시인의 멋진 시 한 편을 소개한다는 게 말이 길었다. 말이 무슨 소용인가? 우리 동네 철물점 황 씨처럼. 액션!

©윤승찬

⊙ 참고하고 인용한 책들

아이소포스(이솝), 《이솝우화》, 천병희 옮김, 숲, 2013, 118쪽

박지원, 《나는 껄껄 선생이라오》, 보리, 2004, 360, 158쪽

박지원, 《열하일기》 상·중·하, 리상호 옮김, 보리, 2004, 36, 221쪽

조반니 보카치오, 《데카메론》, 박상진 옮김, 민음사, 2012, 28, 39, 42, 43쪽

플루타르코스, 《플루타르코스 영웅전》, 천병희 옮김, 숲, 2010, 262, 264쪽 참조, 306, 307, 340쪽 이하 참조

베르톨트 브레히트, 《브레히트 선집》 제5·6권, 한국브레히트학회, 연극과인간, 2015

김구, 《백범일지》, 배경식 풀고 보탬, 너머북스, 2008, 374, 166, 214, 437쪽

요한 볼프강 폰 괴테, 《젊은 베르테르의 슬픔》, 박찬기 옮김, 민음사, 1999

요한 볼프강 폰 괴테, 《파우스트》, 장희창 옮김, 을유문화사, 2015

프란츠 카프카, 《변신》 외 단편 전집, 이주동 옮김, 솔, 2017, 151, 64쪽

안톤 체호프, 《체호프 단편선》, 박현섭 옮김, 민음사, 2002, 95쪽

헨리 데이비드 소로, 《시민 불복종》, 강승영 옮김, 은행나무, 2017, 21, 13, 32, 44, 23쪽

헨리 데이비드 소로, 《구도자에게 보내는 편지》, 류시화 옮김, 오래된미래, 2005, 128, 129쪽

헨리 데이비드 소로, 《월든》, 한기찬 옮김, 소담출판사, 2002, 101쪽

알베르 카뮈, 《반항하는 인간》, 김화영 옮김, 책세상, 2003, 38쪽

알베르 카뮈, 《페스트》, 김화영 옮김, 민음사, 2011, 281쪽

니콜로 마키아벨리, 《군주론》, 곽차섭 옮김, 길, 2017, 59쪽

니콜로 마키아벨리, 《군주론》, 이상두 옮김, 범우사, 2005, 107, 48, 116, 207, 208, 42, 43쪽

허균, 《홍길동전》, 김탁환 옮김, 민음사, 2009

김수영, 《김수영 전집1—시》, 이영준 엮음, 민음사, 2018, 120, 139, 145, 160, 226, 191쪽

귄터 그라스, 《양철북》, 장희창 옮김, 민음사, 1999

권터 그라스, 《양파 껍질을 벗기며》, 장희창 옮김, 민음사, 2015

권터 그라스, 《게걸음으로》, 장희창 옮김, 민음사, 2015

요한 볼프강 폰 괴테, 《서동 시집》, 안문영 외 옮김, 문학과지성사, 2006

에드워드 사이드, 《오리엔탈리즘》, 박홍규 옮김, 교보문고, 2007, 11쪽

에리히 마리아 레마르크, 《개선문》, 장희창 옮김, 민음사, 2015

에리히 마리아 레마르크, 《사랑할 때와 죽을 때》, 장희창 옮김, 민음사, 2010

권터 그라스, 《라스트 댄스》, 이수은 옮김, 민음사, 2004

유발 하라리, 《사피엔스》, 조현욱 옮김, 김영사, 2015

유발 하라리, 《호모 데우스》, 김명주 옮김, 김영사, 2017

어니스트 헤밍웨이, 《노인과 바다》, 김욱동 옮김, 민음사, 2012

프리드리히 니체, 《차라투스트라는 이렇게 말했다》, 장희창 옮김, 민음사, 2004

마르쿠스 아우렐리우스, 《명상록》, 천병희 옮김, 숲, 2005, 10, 20, 175, 62쪽

마르쿠스 아우렐리우스, 《명상록》, 한형곤 옮김, 거암, 1980, 42쪽

장자크 루소, 《고독한 산보자의 꿈》, 염기용 옮김, 범우사, 2002, 46, 56쪽

장자크 루소, 《고독한 산책자의 몽상》, 문경자 옮김, 문학동네, 2016

단테 알리기에리, 《신곡》 지옥편, 박상진 옮김, 민음사, 2007

단테 알리기에리, 《신곡》 연옥편, 박상진 옮김, 민음사, 2007, 45, 201쪽

단테 알리기에리, 《신곡》 천국편, 박상진 옮김, 민음사, 2007, 190, 149, 150쪽

장자, 《장자》, 안동림 옮김, 현암사(개정판), 2004, 105, 765, 499, 33, 70, 277, 48, 451, 773, 116쪽

미겔 데 세르반테스, 《돈키호테》, 김현장 옮김, 범우사, 1999

한용운, 《님의 침묵》, 범우사, 2015

고전 잡담

카페에서, 거리에서, 바닷가에서

1판 1쇄 | 2019년 5월 23일

글쓴이 | 장희창
펴낸이 | 조재은
편집부 | 박선주 김명옥 육수정
영업관리부 | 조희정 정영주

편집 | 김명옥 디자인 | 표지·오필민 본문·육수정

펴낸곳 | (주)양철북출판사
등록 | 2001년 11월 21일 제25100-2002-380호
주소 | 서울시 마포구 양화로8길 17-9
전화 | 02-335-6407 팩스 | 0505-335-6408
전자우편 | tindrum@tindrum.co.kr
ISBN | 978-89-6372-297-9 03800 값 | 14,000원